KB114292

이름

_____

연락처

_____

EVERYDAY BOOK

매일 읽겠습니다

2018 CALENDAR

1

S	M	T	W	T	F	S
	1	2	3	4	5	6
7	8	9	10	11	12	13
14	15	16	17	18	19	20
21	22	23	24	25	26	27
28	29	30	31			

2

S	M	T	W	T	F	S
				1	2	3
4	5	6	7	8	9	10
11	12	13	14	15	16	17
18	19	20	21	22	23	24
25	26	27	28			

3

S	M	T	W	T	F	S
				1	2	3
4	5	6	7	8	9	10
11	12	13	14	15	16	17
18	19	20	21	22	23	24
25	26	27	28	29	30	31

4

S	M	T	W	T	F	S
1	2	3	4	5	6	7
8	9	10	11	12	13	14
15	16	17	18	19	20	21
22	23	24	25	26	27	28
29	30					

5

S	M	T	W	T	F	S
		1	2	3	4	5
6	7	8	9	10	11	12
13	14	15	16	17	18	19
20	21	22	23	24	25	26
27	28	29	30	31		

6

S	M	T	W	T	F	S
					1	2
3	4	5	6	7	8	9
10	11	12	13	14	15	16
17	18	19	20	21	22	23
24	25	26	27	28	29	30

7

S	M	T	W	T	F	S
1	2	3	4	5	6	7
8	9	10	11	12	13	14
15	16	17	18	19	20	21
22	23	24	25	26	27	28
29	30	31				

8

S	M	T	W	T	F	S
			1	2	3	4
5	6	7	8	9	10	11
12	13	14	15	16	17	18
19	20	21	22	23	24	25
26	27	28	29	30	31	

9

S	M	T	W	T	F	S
						1
2	3	4	5	6	7	8
9	10	11	12	13	14	15
16	17	18	19	20	21	22
23	24	25	26	27	28	29

10

S	M	T	W	T	F	S
	1	2	3	4	5	6
7	8	9	10	11	12	13
14	15	16	17	18	19	20
21	22	23	24	25	26	27
28	29	30	31			

11

S	M	T	W	T	F	S
				1	2	3
4	5	6	7	8	9	10
11	12	13	14	15	16	17
18	19	20	21	22	23	24
25	26	27	28	29	30	

12

S	M	T	W	T	F	S
						1
2	3	4	5	6	7	8
9	10	11	12	13	14	15
16	17	18	19	20	21	22
23 24/31	25	26	27	28	29	

2019 CALENDAR

1

S	M	T	W	T	F	S
		1	2	3	4	5
6	7	8	9	10	11	12
13	14	15	16	17	18	19
20	21	22	23	24	25	26
27	28	29	30	31		

2

S	M	T	W	T	F	S
					1	2
3	4	5	6	7	8	9
10	11	12	13	14	15	16
17	18	19	20	21	22	23
24	25	26	27	28		

3

S	M	T	W	T	F	S
					1	2
3	4	5	6	7	8	9
10	11	12	13	14	15	16
17	18	19	20	21	22	23
24	25	26	27	28	29	30

4

S	M	T	W	T	F	S
	1	2	3	4	5	6
7	8	9	10	11	12	13
14	15	16	17	18	19	20
21	22	23	24	25	26	27
28	29	30				

5

S	M	T	W	T	F	S
			1	2	3	4
5	6	7	8	9	10	11
12	13	14	15	16	17	18
19	20	21	22	23	24	25
26	27	28	29	30	31	

6

S	M	T	W	T	F	S
						1
2	3	4	5	6	7	8
9	10	11	12	13	14	15
16	17	18	19	20	21	22
23	24	25	26	27	28	29

7

S	M	T	W	T	F	S
	1	2	3	4	5	6
7	8	9	10	11	12	13
14	15	16	17	18	19	20
21	22	23	24	25	26	27
28	29	30	31			

8

S	M	T	W	T	F	S
				1	2	3
4	5	6	7	8	9	10
11	12	13	14	15	16	17
18	19	20	21	22	23	24
25	26	27	28	29	30	31

9

S	M	T	W	T	F	S
1	2	3	4	5	6	7
8	9	10	11	12	13	14
15	16	17	18	19	20	21
22	23	24	25	26	27	28
29	30					

10

S	M	T	W	T	F	S
		1	2	3	4	5
6	7	8	9	10	11	12
13	14	15	16	17	18	19
20	21	22	23	24	25	26
27	28	29	30	31		

11

S	M	T	W	T	F	S
					1	2
3	4	5	6	7	8	9
10	11	12	13	14	15	16
17	18	19	20	21	22	23
24	25	26	27	28	29	30

12

S	M	T	W	T	F	S
1	2	3	4	5	6	7
8	9	10	11	12	13	14
15	16	17	18	19	20	21
22	23	24	25	26	27	28
29	30	31				

EVERYDAY BOOK

매일 읽겠습니다

책을 읽는 1년 53주의 방법들

+ 위클리플래너

황보름 지음

어떤
책

서문

중학교 시절, 친구들과 등굣길을 함께 걸었다. 우리는 길을 걷는 내내 누가 듣든지 말든지 아랑곳없이 저마다 제 말 하기에 바빴는데, 아주 가끔은 나 혼자 연사가 되기도 했다. 어젯밤까지 읽은 책 내용을 흥분해서 떠들어 대면 친구들은 조용히 귀 기울여 주었다. 그러다 보면 어느새 학교에 도착해 실내화를 갈아 신고 있었다.

책에서 읽은 이야기를 머릿속 여기저기에 담아 놓길 좋아했다. 하루에도 몇 번씩 책상에 턱을 괴고 책이 건네준 이야기를 떠올렸다. 사탕보다 더 달콤한 시간이었다. 친구들에게 멍 좀 그만 때리라는 핀잔을 종종 들었지만 그만둘 수가 없었다. 현실의 이야기보다 책 속 이야기가 더 재미있는데 어쩌겠는가. 정규수업부터 자율학습까지, 딱딱한 의자에 얌전히 앉아 있는 것이 하루 일과인, 밋밋한 나날들이었다.

　　　나는 나를 은근한 아웃사이더라고 자주 생각했다. 내게 기준을 제시하고 주의를 주는 선생님과 어른들의 말에 고개를 끄덕이면서도 티나지 않게 그 기준을 마음에서 지웠다. 지금 내가 서 있는 이곳이 내가 있어야 할 유일한 장소라는 생각은 하지 않았다. 나는 어디로 가야 할까. 어떻게 살아야 할까. 마음이 복잡해질 때면 책이라는 방에 들어가서 몇 시간씩 뒹굴며 시간을 보내곤 했다.

　　　에드거 앨런 포의 단편소설 〈소용돌이 속으로의 추락〉에는 원통형 물통이 나온다. 내게 책은 이 물통 같은 존재였다. 소설에서 주인공 어부는 노르웨이 로포텐 열도에 자주 출몰하는 악명 높은 소용돌이에 휘말린다. 직경 2킬로미터가 넘는 원을 그리며 주위 모든 물체를 빨아들이는 소용돌이 속으로 추락하던 그는 문득 기억 하나를 떠올린다. 해안가에서 소용돌이에 휩쓸렸다 떠밀려 온 부유물들을 봤던 기억이었다. 산산조각 난 물체들 사이사이 부서지지 않은 원통형 물체들이 더러 보였다. 원통형은 소용돌이에 쉽게 빨려 들어가지 않는다는 사실을 그때 알았다. 그는 이 사실에 희망을 걸었다.

소설 속 어부처럼 목숨을 위협하는 소용돌이에 휩쓸려 본 적은 없지만 관계나 상황, 생각 들이 일으킨 작은 소용돌이에 마음이 휘둘린 적이 많다. 답을 알 수 없는 물음들이 소용돌이 둘레를 빙글빙글 돌며 나를 괴롭혀 왔다. 그럴 때마다 어부가 기억을 떠올리듯 나는 책을 읽었다. 지금 이곳에서 나를 건져 올려 줄 이야기들, 문장들을 책에서 구했다. 어부가 밧줄로 원통형 물통에 몸을 묶고 바다로 뛰어들었듯, 나는 이야기와 문장에 나를 묶고 다음을 향해 발을 내디뎠다. 책이 모든 문제를 해결해 주진 못했지만 많은 경우 소용돌이에서 벗어날 수 있었다.

턱을 괸 채 무료함을 견디던 아이는 어른이 되어서도 크게 달라지지 않았다. 책에서 읽은 이야기를 아무 때고 떠올려 보길 좋아한다. 이야기들을 마음속에 가만히 담아 두었다가 참지 못하고 불쑥 꺼내 놓는 행동도 여전하다. 그만큼 읽었으면 이제 웬만한 이야기엔 시큰둥할 법도 한데 오히려 책을 읽을수록 책에 더 흠뻑 빠져들게 돼 신기하기만 하다. 이런 식으로 흘러간다면 지금보다 더 책을 좋아하는 책 덕후 할머니로 늙어 가지 않을까 싶다. 일상 틈틈이 책에 관한 즐거운 공상에 빠지곤 하는.

책을 쓰면서 글 하나하나에 사람들이 책과 가까워졌으면 좋겠다는 마음을 담았다. 이 책을 펼친 독자들이 책 읽는 재미에 살풋이 빠져들면 좋겠다. 이 한 권의 책에 매일의 일상, 그리고 책과 함께한 순간을 기록하면서.

나를 사로잡는 단 하나의 문장을 마주하는 설렘, 바쁜 와중에 10분이라도 책에 몰입하며 느끼는 뿌듯함, 친구와 함께 책을 읽고 감상을 나누는 즐거움, 소설 속 인물을 '절친'처럼 느껴 보는 재미, 책상에 앉아 제법 진지하게 삶을 되돌아 볼 때의 비장함…… 책을 읽을 때마다 나는 이러한 감정들을 누릴 수 있어서 기뻤다. 이 책을 읽는 당신은 어떤 감정을 느낄까. 책이, 당신의 하루하루가, 당신이 가고자 했던 곳으로 당신을 데려다 주기를 바란다.

2017년, 가을, 내 방에서, 황보름

차례

1 2 3 4 5 6
7 8 9 10 11 12

"책은 수저나 망치나 바퀴, 또는 가위 같은 것입니다.
 일단 한번 발명되고 나면 더 나은 것을 발명할 수 없는
 그런 물건들 말이에요."
움베르토 에코, 책의 우주

——

monday

——

tuesday

——

wednesday

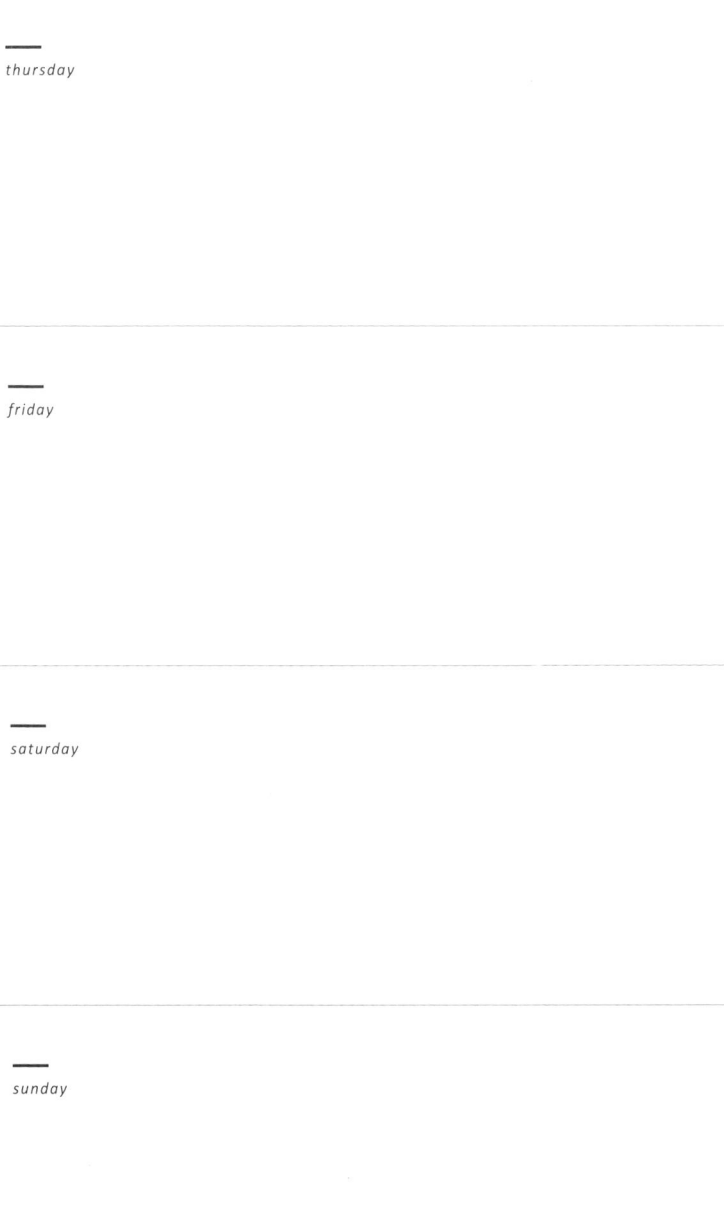

thursday

friday

saturday

sunday

1.

베스트셀러 읽기

종종 책을 추천해 달라는 사람을 만난다. 그럴 땐 먼저 이것저것 물어본다. 지금까지 읽은 책 가운데 가장 재밌는 책이 뭐였어요? 최근에 읽은 책은요? 왜 좋았어요? 왜 별로였어요? 한 달에 책을 몇 권 읽어요? 소설 좋아해요, 에세이 좋아해요? 좋아하는 작가는요?

지금까지 어떤 책을 읽어 왔는지 모르는 사람에게 딱 들어맞는 좋은 책을 추천하기란 얼마나 어려운지! 내가 좋아하는 책을 상대방도 좋아하면 더할 나위 없이 행복하겠지만, 내가 좋아서 추천한 책을 방구석에 내버려 둔 채 나 몰라라 하는 친구들도 봐 왔기에 난 이 행복만은 상황을 따져 가며 추구하기로 했다. 그런데 만약 책을 추천해 달라고 청한 사람의 답변이 시원치 않다면? 그렇다면 어쩔 수 없다. 콕 집어 이렇게 말할 수밖에. "베스트셀러 중에 하나 골라 보세요!"

베스트셀러의 가장 큰 장점은 대중성이다. 책마다 주제, 깊이, 분위기, 저자의 필력은 다르지만 대중의 눈높이로 이야기를 이끌어 나가는 힘이 있다. 그래서 이제 막 책을 읽기 시작한 독자라도 진입하기가 어렵지 않다. (초대형 베스트셀러인 마이클 샌델의 《정의란 무엇인가》처럼 간혹 끝까지 읽은 사람이 드물 정도로 어려운 책도 있지만, 이는 그야말로 '드문' 경우다.)

2015년에서 2016년까지 우리나라에서 가장 많은 독자의 선택을 받은 책은 기시미 이치로, 고가 후미타케의 《미움받을 용기》다. 사는 게 너무 힘들다며 악에 받친 듯 토로하는 청년과 그 청년을 부드럽게 각성시키는 철학자의 대화로 이루어진 책이다. 개인 심리학 창시자인 알프레드 아들러의 사상에 바탕을 두고 있다.

심리학과 철학이 절묘하게 만난 이 책은 이러기도 쉽지 않을 만큼 술술 읽힌다. 세상 예민한 청년과 도통한 듯 여유로운 철학자의 대화를 읽다 보면 알프레드 아들러의 의중을 쉽게 알 수 있다. '아, 오스트리아에서 태어났다는 이 철학자는 우리가 온전히 자립하길 바랐구나. 자유롭게, 행복하게 살길 바랐구나. 더

나은 삶을 위해 우리에게 필요한 건 용기구나!'

책은 과거를 후회하고 미래를 불안해하느라 자꾸, 또 자꾸 잊어버리고 마는 '지금 이 순간'의 중요성을 이야기한다.

찰나인 '지금, 여기'를 진지하게 춤추고, 진지하게 사는 걸세. 과거도 보지 말고, 미래도 보지 말고, 완결된 찰나를 춤추듯 사는 거야. 누구와 경쟁할 필요도 없고 목적지도 필요 없네. 춤추다 보면 어딘가에 도착하게 될 테니까. 아무도 모르는 '어딘가'에!

책을 읽을 때면 나는 어떤 공동체를 상상하곤 한다. 책을 읽은 수많은 사람들의 씨앗이 창조해 낼 더없이 즐겁고 다채로운 공동체를. 《미움받을 용기》를 읽은 사람들의 씨앗이 자라난다면 지금 여기에서 춤을 추며 삶을 만끽하는 활기찬 공동체가 되지 않을까.

책을 읽고 싶은데 아직 내가 어떤 책을 좋아하는지 모르겠다면 처음엔 다수의 취향에 기대 보길 추천한다. 베스트셀러 가운데 내 심정을 알아줄 것 같은 책, 평소의 내 관심사를 주제로 한 책, 바쁜 와중에도 가볍게 몇 장씩 읽을 수 있는 책을 고르면 된다. 이렇게 계속 읽다 보면 자신만의 취향이 생겨, 이제 더는 어떤 책이 베스트셀러라는 이유로 읽거나, 읽지 않는 일은 없을 것이다. 취향에 따라 서점 구석구석으로 손을 뻗게 될 테니.

1 2 3 4 5 6
7 8 9 10 11 12

"책을 읽는 습관이 일단 몸에 배면
(그런 습관은 많은 경우 젊은 시절에 몸에 배는 것인데)
그리 쉽사리 독서를 내던지지 못합니다."
무라카미 하루키, 직업으로서의 소설가

---

thursday

friday

saturday

sunday

2.

베스트셀러에서 벗어나기

어린 시절 우리 집 거실에는 아빠 키를 훌쩍 넘는 책장이 하나 있었다. 읽기 능력이 제법 무르익은 초등학교 고학년 무렵부터였다. 특별히 할 일이 없을 때면 책장에서 아무 책이나 꺼내 털썩 주저앉고는 그 자리에서 읽기 시작했다. '이 정도면 계속 읽어도 되겠는데?' 나만의 기준을 통과한 책을 만나면 방으로 들고 들어가 조용히 책 속으로 빠져들었다.

책장 가득한 책은 부모님이 결혼하기 전부터 한 권, 두 권 사 모은 것이었다. 시간이 흐르면서 책장에는 두 살 터울 언니의 취향도 섞여 들었다. 어느 날은 아빠가 꽂아 둔 책을, 다른 날은 언니가 읽어 보라고 준 책을 읽었다. 그 시절 나의 독서는 가족의 독서 편력에 많은 부분 기대어 있던 셈이다.

나만의 독서 편력이 본격적으로 시작된 건 대

학생이 되고 나서였다. 아르바이트로 번 돈을 손에 쥐고 책장 앞이 아닌 서점으로 달려갔다. 우리 집 책장과 비교하면 서점은 무한대로 펼쳐진 공간 같았다. 나는 마치 무한대의 공간에서 '−1'을 하는 기분으로 책을 한 권씩 사 오곤 했다. 나의 취향으로 발견한 책이 내 방에 하나둘 쌓여 갔다.

언젠가 인간은 자기 손으로 만든 물건에 더 높은 가치를 부여한다는 글을 읽은 적 있다. 앞 친구와 별 차이 없는 종이비행기를 만들었더라도 들인 노력과 쏟아부은 아이디어 때문에 '나의 종이비행기'를 더 가치 있게 느낀다는 내용이었다. 나 역시 무한대에서 1을 뽑아 내는 데 들인 수고를 떠올리며 '나의 책'에 높은 가치를 부여하곤 했다. 서점에서 애써 고른 책들이 꽂혀 있는 '나의 책장'은 더는 거실에 있는 책장에 비할 바가 아니었다.

서점에서 매번 흡족한 발견만 한 건 물론 아니다. 실패도 많이 했다. 재미있어 보였던 책이 유치하기도 하고, 저자의 생각에 영 공감 못 하기도 하고, '어떻게 이런 책이 세상에 존재하는가!' 잔뜩 화를 내며 책장을 덮은 적도 있다. 나를 심드렁한 상태로 빠뜨리는 책을 반복해서 선택한 경험. 역설적이게도 이런 경험이 나에게 맞는 책을 더 잘 선택할 수 있게 해 주었다.

나는 책을 고를 때 두 가지는 꼭 보려 한다. 차례와 서문이다. 먼저 차례를 살피며 책의 주제에 관한 저자의 깊이와 관심을 가늠하고 서술 방향을 파악한다. 차례를 살핀 뒤에는 서문을 읽으며 저자가 책을 쓴 동기와 문체를 확인한다. 동기에 공감하고 문체가 마음에 들면 마지막으로 본문을 몇 장 읽는다. 보통 처음 몇 페이지를 읽고 나서 중간 부분도 몇 페이지 읽는다. 그래야 책의 전체 분위기를 느낄 수 있기 때문이다.

사실 책을 고를 때 가장 많이 기대는 건 결국 '느낌'이다. 이 느낌은 경험이 내게 준 직관 같은 것이다. 차례를 훑고 서문을 읽다 보면 자연스레 '아, 재밌겠다' 하는 느낌이 온다. 나는 이 느낌을 철저히 따른다. 때로는 우연히 접한 몇 문장을 읽고 책을 구입하기도 한다. 그런 문장을 쓸 수 있는 저자의 글이라면 내 마음에 쏙 들 것 같은 '느낌' 때문에.

《세상의 용도》도 이런 수순을 따라 발견한 책이다. 스위스 제네바 출신의 여행작가 니콜라 부비에가 세상을 보는 독창적인 시선은 서문에서 바로 드러났고, 본문에서도 그는 여유로운 태도로 열정과 호기심을 능숙하게 활용했다. 처음 듣는 이름의 이 외국 작가는 유고슬라비아, 터키, 이란, 파키스탄, 아프가니스탄을 여행했다. 나는 그 누구에게도 "이 책 어떤가요?"라고 묻지 못한 채, 생전 가 보지도 못할 것 같은 나라들 이야기에 귀를 기울였다. 그리고 이런 문장에 기분이 좋아졌다.

세르비아인들은 큰 혼란에 빠진 사람과 외로운 사람을 단번에 알아본다. 그리고 그 즉시 술병과 멍이 든 작은 배 몇 개를 들고 다정하게 다가온다.

저자가 세르비아인들을 바라보는 시선이 마음에 든다. 예리하면서 따뜻하고, 구체적이면서 일상적이다. 이처럼 저자에 호감을 느끼면 그 책에선 쉽게 헤어나오지 못한다. 우연히 만난 책에서 나는 매력적인 저자를 만났고 이렇게 또 책을 발견한다. 발견이 늘수록 점점 더 책과 가까워진다.

1　2　3　4　5　6

7　8　9　10　11　12

"나는 한 시간의 독서로 누그러들지 않는
　어떤 슬픔도 알지 못한다."
　몽테스키외

thursday

friday

saturday

sunday

3.

—

지하철에서 읽기

어떻게 하면 취직할 수 있을까. 대학교 3, 4학년 2년간 내 머리에는 취직 생각만 가득했다. 학점 올리고, 토익 공부하고, 자소서 쓰고, 면접 준비하고, 떨어지고, 낙심하는 과정을 거쳐 드디어 나도 취직할 수 있었다. 회사는 이제 막 휴대전화 사업에 뛰어든 참이었다. 엄청난 수익이 보장된 바다로 뛰어들려면 젊고 기운 센 낚시꾼이 필요했을 것이고, 그중에 (운 좋게) 나도 끼었다.

취직 하나만을 목표로, 할 수 있는 모든 걸 다 해서 지금 이곳까지 오긴 했는데 사회인이 된 지 얼마 안 돼 나는 피로와 스트레스에 짓눌렸다. 취직 후의 일상을 미처 그려 보지 못한 탓이었을까. 하긴 미래를 그려 본다는 건 우리 능력 밖의 일이긴 하다. 그럼에도 나는 너무 아무것도 몰랐다. 생각보다 훨씬 더 강도 높고 비합리적인 회사생활에 놀란 마음을 추스르는 데는

긴 시간이 필요했다.

처음에는 그토록 숙원하던 취직을 해서 기뻤고 내가 취직한 곳이 대기업이라 더 좋았고 팀 동료들이 좋은 사람들이라 많이 감사했다. 그렇다고 해도 두세 달 동안 하루도 못 쉬고 야근하거나, 업무가 많아 (때론 일이 없는데도) 새벽 퇴근을 하는 일이 쉽지는 않았다. 윗사람 눈치 보느라 하는 일 없이 자리를 지키고 앉아 있거나, 꿀 먹은 벙어리가 되어 그저 시키는 대로 일을 하다가 그만하라고 하면 그만해야 하는 상황도 청춘의 열정을 갉아먹었다.

일 이외의 생활이 지워지자 언젠가부터 회사가 삶의 전부가 되었다. 가끔은 나 자신이 놀랄 정도로 집보다 회사가 편했다. 그러다 아침 출근길 지하철에 서서 창밖으로 어두운 터널을 마주할 때면 나도 모르게 '딱 일주일만 병원에 입원할 정도로 다쳤으면 좋겠다'는 생각을 하곤 했다.

그리스 신화에 나오는 악당 가운데 프로크루스테스가 있다. 아테네 케피소스 강가에서 여인숙을 운영하던 그 악당은 손님을 잔인한 방법으로 죽였는데, 집에 있는 쇠침대에 눕혀 침대보다 키가 크면 머리나 다리를 잘라 죽이고, 작으면 늘여 죽이는 식이었다. 프로크루스테스에게 죽임을 당한 사람은 그 누구라도 몸이 훼손될 수밖에 없었다.

회사에 들어가고 2, 3년 차에 내 삶은 말 그대로 휘청거렸다. 몸은 그대로였지만, 마치 영혼 어딘가가 잘려 나가거나 아니면 늘여진 것 같았다. 아침에 출근하면 쇠침대에 눕혀 아등바등하다 밤늦게 본연의 모습을 잃고 훼손된 채 집으로 돌아오는 기분이었다.

돌이켜보면 재미있는 취미생활 정도로 생각해 오던 독서에 큰 의미를 두기 시작한 것이 바로 그즈음이다. 출퇴근하는 지하철 안에서 그 어느 때보다 책을 손에 꽉 움켜쥐었다. 일만 하는 노동자, 회사생활 외에는 아무것도 없는 노동자에서 다시 나로 돌아올 이 시간을 소중하게 맞이하고 싶었다. 어두운 터널로 향했던 멍한 시선을 거둬들여 책을 읽었다. 훼손된 영혼을, 피곤한 정신을 되살리기 위해 읽고 또 읽었다.

그때 무슨 책을 읽었는지는 잘 기억나지 않는다. 에세이를 좋아하던 시기였으니 다른 사람들의 생각을 들여다보며 출퇴근 시간을 견뎠으리라. 나와 다른 삶을 살면서도 비슷한 생각을 하는 저자에 신기해했을 수도 있고, 나와 비슷하게 살면서도 다르게 생각하는 저자에 매력을 느꼈을 수도 있다. 인생은 내가 있는 장소가 아니라 내가 그 장소에 쓰는 이야기에 따라 달라진다는 사실을 아마 그때쯤 알아챘을 것이다.

어른의 세계에서 허둥거리며 아침을 맞고 저녁을 마무리하는 그 시절에 어쩌면 류시화의 《지구별 여행자》를 읽었는지도 모르겠다. 신을 믿지 않고 인도로 여행 갈 용기도 없지만 이 책이 참 좋아서 여러 번 읽었다. 위트 섞인 통찰의 이야기가 즐거웠다. 그 시절 지하철 안에서 '걸어갈 필요가 없는 길'을 가고 있지 않은지 매일마다 고민했던 것 같다.

인도 여행만을 고집함으로써 나는 다른 많은 것들을 놓쳤는지도 모른다. 그러나 그것들은 이 생에선 내가 걸어갈 필요가 없는 길들이었다. 그리고 굳이 걸어갈 필요가 없는 길들까지 다 가야만 하는 건 아니었다. 또 어떤 길들은 다음 생을 위해 남겨 둬야 할 길들이었다.

지하철을 탄 우리 앞에는 크게 두 가지 선택지가 놓인다. 책을 읽거나, 읽지 않거나. 지하철에서 책을 꺼내 펴는 간단한 행동, 이게 뭐라고 우리 삶은 오늘부터 '걸어갈 필요가 없는 길'에서 아주 조금씩 비켜난다.

"저는 세상에서 가장 훌륭한 장식은 책이라고 생각합니다.
아무리 가난한 집이라도 한 벽면이 책으로 가득 차 있으면
굉장히 멋있어집니다."
장영희, 어떻게 사랑할 것인가

---

monday

---

tuesday

---

wednesday

thursday

friday

saturday

sunday

4.

얇은 책 읽기

교토 여행기를 함께 쓰고 있는 지인들과 홍대입구역 카페에서 만난 날이었다. 글과 여행이라는 공통분모가 있어서인지 우리는 금세 친해져 자주 만나 놀았다. 이날만큼은 그만 놀고 일 얘기를 하자며 분위기를 잡은 터였다. 서로 쓴 글을 나눠 읽으며 여행기 방향을 어떻게 잡을지 이야기하고 있는데, 일 때문에 늦게 도착한 지인이 자리에 앉자마자 가방에서 책을 꺼내기 시작했다.

마치 화수분처럼 책이 쏟아져 나왔다. 테이블 한켠에 멋들어진 책탑이 세워졌다. 우리는 하던 이야기를 접고 탑이 올라가는 과정을 조용히 지켜보다가 너 나 할 것 없이 책 구경에 나섰다. 입에서 절로 탄성이 나왔다. 와, 이 책 진짜 이쁘다, 모양이 정말 독특하네요, 안에 일러스트도 멋지다, 책이 다 아기자기

해요. 일본은 어떻게 이렇게 책을 맛깔나게 만들까요.

출판사에 다니는 지인이 글쓰는 데 도움이 될지 모른다며 일부러 골라 온 일본 책들이었다. 하나같이 앙증맞게 작았고 글과 그림이 조화로워서 보는 맛이 좋았다. 판형도 일반적이지 않고, 어떤 책은 가로가 현저히 길었다. 무엇보다 모두 두께가 얇았다. 손에 착 감기는 책을 들고 누군가 말했다. 이거 읽고 싶어서 일본어 배워야겠다!

손안에 쏙 들어오는 책이 외국어 공부가 주는 부담감마저 멀리 날려 준 걸까. 나 역시 눈앞에 있는 책을 몽땅 읽어 보고 싶다는 욕심이 불끈 솟았다. 독자의 마음을 스멀스멀 풀어 주는 얇은 책의 위력이다.

요즘 얇은 책을 자주 본다. 놀랄 만큼 얇은 책들도 본다. 얼마 전에 집어 든 책은 말 그대로 손바닥만 한 크기였고 페이지는 99페이지가 전부였다. 겉표지에 ‘〈뉴욕타임스〉 베스트셀러 1위!’라는 홍보 문구가 자랑스레 박혀 있었는데 어쩌면 일본 책에 달려든 우리처럼 미국 사람들도 책의 두께에 먼저 반했던 게 아닐까 싶었다.

지금 내 책상 위에도 얇은 책이 한 권 놓여 있다. 〈뉴욕타임스〉 베스트셀러보다 가로는 1센티미터, 세로는 3센티미터 더 크다. 총 168페이지이긴 한데, 듬성듬성 일러스트가 들어갔고, 왼쪽 면은 거의 공백이어서 어쩌면 〈뉴욕타임스〉 베스트셀러보다 전체 글의 양은 적은지도 모르겠다. 이렇게 얇은 책을 보면 읽기 전부터 왠지 뿌듯해진다. 눈 딱 감고 두세 시간만 할애하면 이 책도 읽은 책이 될 테니까!

머리도, 마음도 무거운 날에는 부담이 적은 얇은 책에 손이 간다. 머리도, 마음도 자주 무거워지는 나는 그래서 얇은 책을 즐겨 읽는다. 오늘도 얇은 책을 읽었다. 책상에 올려져 있던 바로 그 책, 이기준의 《저, 죄송한데요》를. 이 책을 읽으면서 몇 번이나 웃었던가. 소심함에도 정도가 있다면 그 정도를 한참이나 뛰어넘은 저자의 고백에 세상 모든 소심한 이들이 기를 펼 수 있을 듯했다. 나 정도는 그리 소심한 게 아니라고 기뻐하며.

옆구리 쿡쿡 찌르듯 웃긴 이 책에서 '아, 맞아요. 맞아' 하며 반갑게 긍정할 문구도 몇 개 찾았다.

누구나 때로는 분위기 전환이 필요합니다. 바흐만 듣다 보면 갑자기 비스티 보이즈가 생각나는 것처럼요. 완전히 새로운 세계를 경험하고 싶어지기도 합니다. 그럴 땐 어디에 무엇이 있는지 모르는 채 무작정 찾아 나섭니다. 빈손으로 돌아오기도, 양손 가득 채워 돌아오기도 합니다. 그렇게 지평이 서서히 넓어집니다.

저자처럼 "완전히 새로운 세계를 경험하고" 싶을 때마다 나는 책을 읽었다. 1년에 한 번 정도 여행을 다니긴 했지만 겁이 많아서 "어디에 무엇이 있는지 모르는 채 무작정 찾아" 나서는 과감한 여행자는 아니었다. 그래서 겁먹을 필요 없이 여행할 수 있는 책이 좋았다. 책을 펼칠 때 그 속에 어떤 세계가 있든 개의치 않았다. 겁 많은 내가 내면의 지평을 넓힐 수 있는 가장 안전한 방법이 독서였다.

1   2   3   4   5   6
7   8   9   10   11   12

"완독이라는 것은 실은 대단한 일입니다.
 그만 읽고 싶다는 유혹을 수없이 이겨 내야만 하니까요."
 김영하, 읽다

---

monday

---

tuesday

---

wednesday

thursday

friday

saturday

sunday

5.

—

두꺼운 책 읽기

지난 연말에는 친구들과 조촐한 이벤트를 벌였다. 우리 중 가장 발랄한 친구가 제안한 이벤트였다. 각자 집에서 본인은 쓰지 않지만 선물하기에는 그만인 물건 하나씩 준비해 오기.

친구의 제안을 받고 일주일 동안 뭘 준비할지 고심했다. 선물로 주기에 부족하지 않으면서 받는 사람 기분도 좋고 의미 또한 있는 물건에는 뭐가 있을까. 내 방에서 나올 물건 중 이 조건에 딱 들어맞는 건 역시 책뿐이 없을 것 같았다.

틈이 날 때마다 의자에 앉아 책장을 바라보며 책을 골랐다. 어느 친구가 가져갈지 모르니 한정된 주제는 피하기로 했다. 그러다가 고른 책이 600페이지가 넘는 예술사 책이었다. 재미라면 자신 있었지만 두께가 조금 걱정이었다. 바쁘게 일하는 친구들에게 이 두꺼운 책을 들이미는 나는 정말 세상 물정 모르는 책 덕후인 걸까.

　친구들을 만나러 가는 날. 가방에 책을 넣는데 불안감이 스멀스멀 몸을 감쌌다. 너무 내 취향만 고려한 건지도 모른다. 급히 책장에서 600페이지 반도 안 되는 책을 몇 권 골라 가방에 함께 넣었다. 불안감이 조금 가셨다. 밤 10시, 약속 장소에 마지막으로 도착한 친구의 퀭한 눈을 보고는 마음을 굳혔다. 600페이지 책은 마치 옵션이라는 듯 마지막에 꺼내자, 아무도 반기지 않으면 아무렇지 않은 듯 다시 들고 가자!

　드디어 선물 공개 시간. 보기에 부담스럽지 않은 책들을 먼저 한 권씩 테이블에 올려놓고, 묵직한 느낌을 주는 600페이지 책을 마지막에 조심스럽게 꺼냈다. 친구들의 반응은? 고민으로 몇 시간을 보냈던 나의 소심한 과거가 무색하게도 친구들은 두꺼운 책을 따뜻이 맞아 주었다(다른 책들이 옵션이 되었다). 이 책을 가져가게 된 친구는 '있어 보인다'며 책을 반겼다.

　며칠 뒤, 남이 들으면 정말 쓸데없다고 느낄 얘기까지 즐겨 하는 나와 한 친구는 그날 이벤트에 관해 한 시간에 걸쳐 전화통화를 했다. 나의 불안함과 소심함의 원인을 세세히 추적하고는 왜 600페이지 책이 다른 책보다 인기였는지 토론했다. 한껏 진지해진 친구는 이제는 목소리마저 내리깔고 이렇게 말했다. "욕망 때문이지." "욕망?" "그래, 지적 욕망. 그 책이 우리의 지적 욕망을 자극한 거야." 나는 보이지 않는 친구를 향해 격하게 고개를 끄덕이며 "그런 것 같다"고 동의했다.

책이 두꺼울수록 지적 욕망은 더 자극받는다. 책은 도무지 줄어들 기미가 보이지 않고, 지금까지 읽은 내용도 가물거리는데 앞으로 읽을 내용은 더 많고, 왠지 시간은 평소보다 느리게 흐르는 것만 같고, 그런데도 이 행위 자체가 나를 조금은 지적인 사람으로 인식하게 해 주기에 독서를 멈추지 않는다. 두툼한 책을 다 읽고 책상에서 일어날 때의 뿌듯함은 이루 말할 수 없다. 방금 넘은 산이 험난하고도 높은 산일 때 느껴지는 이 뿌듯함이 좋아 나는 힘겹게 산을 오르곤 했다.

올해 초 내가 오른 산에는 유발 하라리의 《사피엔스》도 있다. 높을 뿐만 아니라 올라가고 내려갈 때의 풍경이 다채로워서 기분까지 좋았던 책이다. 이 책은 우리가 기존에 알고 있던 상식을 과감히 뒤집고 역사의 진보와 인간의 행복에는 그 어떤 상관관계도 없음을 밝힌다. 일례로 수렵채집인이 농업 혁명 이후의 농부보다 훨씬 풍요롭고 행복했다고 저자는 말한다. 그러면서 묻는다. 지금까지의 진보가 개별 생명체의 행복을 책임지지 않았다면 앞으로의 진보는 어때야 하는가.

> 우리는 주위 환경을 굴복시키고, 식량생산을 늘리고, 도시를 세우고, 제국을 건설하고, 널리 퍼진 교역망을 구축했다. 하지만 우리가 세상의 고통의 총량을 줄였을까?

아무리 재미있다고 정평이 난 책이어도 두껍다면 역시 망설여지기 마련이다. 이 책을 언제 다 읽을까 싶어서. 그래서 두꺼운 책을 읽을 때 나는 일부러 언제까지 읽어야겠다는 생각을 하지 않는다. 대신 예전에 기말고사 공부를 할 때 그랬던 것처럼 시간 단위로 진도를 나간다. 오늘은 30분만 읽자, 또는 한 시간만 읽자, 하는 식으로. 오늘치 시간을 다 썼다면 옆에 치워 두었다가 다음에 또 30분, 한 시간을 읽는다. 《사피엔스》도 마지막 부분은 주말을 이용해 하루에 다 읽었지만 책의 3분의 2가량은 매일 한 시간씩 할애해 읽었다.

1 2 3 4 5 6
7 8 9 10 11 12

"작가로서의 나의 새로운 다짐이 있다면
  남의 책에 밑줄을 절대로 안 치는 버릇부터
  고쳐 보겠다는 것이다."
박완서, 못 가 본 길이 더 아름답다

---

monday

---

tuesday

---

wednesday

thursday

---

friday

---

saturday

---

sunday

6.
—

밑줄 그으며 읽기

책을 읽으며 어제의 내 과오를 비춰 주는 조언을 듣고, 인공지능이 세계의 판도를 어떻게 바꿔 놓을지에 관한 정보를 습득하고, 자본주의에 마냥 속아 넘어 가지 않게 해 주는 지식을 구한다. 우리가 책을 읽는 이유는 정보나 지식, 지혜, 감동을 얻기 위해서다. 하지만 책을 읽고 나서는 이내 난감해진다. 때로는 책을 덮자마자, 흔히는 시간이 지날수록 책에서 무얼 얻었는지 도통 기억이 나지 않기 때문이다.

독서 후 망각. 독서가 허망해지는 이유다. 불과 지난주에 읽은 책 내용도 기억날 듯 말 듯하고, 1년 전에 읽은 책은 제목도 내용도 안개 낀 듯 어렴풋할 뿐이다. 이렇게 될 거라면 도대체 책을 왜 읽어야 하는지, 시간은 시간대로 아깝고 허무함이 가슴을 누른다.

책에서 읽은 모든 문장이 뇌의 장기기억에 고

스란히 남는다면 얼마나 좋을까. 하지만 그럴 리 없기에 최소한의 문장만이라도 영영 잃어버리지 않으려 애쓴다. 그럼에도 결국엔 잊을 것이기에 '내가 기억하고 싶었던 문장이 무엇인지 찾을 수 있게끔'만이라도 조치를 취해야 한다. 이를 위해 내가 기대는 건 손에 쥔 연필이다. 연필로 밑줄을 긋고, 체크를 하고, 그 옆에 메모를 한다. 훗날 책 내용을 머릿속에 되살리고 싶을 때 연필이 남겨 놓은 흔적들을 따라갈 수 있도록.

밑줄을 그어야 하기에 아무리 책을 읽고 싶어도 연필이 없으면 나는 읽지 않는다. 책을 읽는 도중에 꼭 기억해 둬야 할 내용을 만날지도 모르니까. 그래서 방에만 연필 서너 자루가 굴러다니고, 가방에는 연필 하나가 꼭 들어 있다. 간혹 연필 없이 책만 들고 밖에 나가는 날엔 아무것도 읽지 못하고 집으로 돌아온다.

물론, 연필로도 해결하지 못할 망각이 있다는 걸 안다. 얼마 전에 경험한 일이다. 알랭 드 보통의 《철학의 위안》을 읽으며 알랭 드 보통 특유의 글 전개 방식에 재미를 느끼면서도 한편 이런 생각을 했다. '보통도 소재를 좀 우려먹네? 예전에도 소크라테스, 세네카, 쇼펜하우어에 관해 쓰지 않았나?' 의심이 들긴 했지만 반복해 언급하고 싶을 만큼 좋아하는 철학자들이 있다는 사실이 문제 될 건 없었다. 그래서 책을 읽으며 열심히 밑줄을 그었고 몇몇 구절은 발췌를 했다.

다 읽은 책을 책장에 고이 꽂아 두고 당연하단 듯이 잊고 지내던 어느 날, 스치듯 지나간 어떤 생각에 이끌려 책장으로 달려가 알랭 드 보통의《젊은 베르테르의 기쁨》을 꺼냈다. 급히 표지를 젖히고 차례를 확인한 순간 나는 이 책이《철학의 위안》과 같은 책임을 알 수 있었다. 제목을 바꿔 재출판된 책을 처음 읽는 책인 줄 알고 밑줄까지 그으며 읽었던 것이다!

헛웃음이 나 책장 앞에서 서성거리다가 또 어렴풋한 생각에 이끌려 책 한 권을 꺼냈다. 파트리크 쥐스킨트의《깊이에의 강요》. 파트리크 쥐스킨트는 세 편의 단편소설과 한 편의 에세이를 담은 이 책에서 '문학적 건망증'을 이야기한다. 30년간 책을 읽었는데도 기억나는 책이 없다는 그는 이렇게 한탄한다.

조금만 시간이 흘러도 기억의 그림자조차 남아 있지 않다는 것을 안다면, 도대체 왜 글을 읽는단 말인가?

이러한 질문을 안고 거듭 고민하던 쥐스킨트가 내놓

은 답은 독서에서는 '기억'이 아니라 '변화'가 가장 중요하다는 거였다.

　(인생에서처럼) 책을 읽을 때에도 인생 항로의 변경이나 돌연한 변화가 그리 멀리 있는 것은 아닐지도 모른다. 그보다 독서는 서서히 스며드는 활동일 수도 있다. 의식 깊이 빨려 들긴 하지만 눈에 띄지 않게 서서히 용해되기 때문에 과정을 몸으로 느낄 수 없을지도 모른다. 그러므로 문학의 건망증으로 고생하는 독자는 독서를 통해 변화하면서도, 독서하는 동안 자신이 변하고 있다는 것을 말해 줄 수 있는 두뇌의 비판 중추가 함께 변하기 때문에 그것을 깨닫지 못하는 것이다.

"너는 네 삶을 변화시켜야 한다." 이것이 파트리크 쥐스킨트가 정리한 우리가 책을 읽는 이유다. 나는 이 문장을 머릿속에서 몇 번 읊조리며 한 권의 책을 읽기 전의 나와 읽은 후의 내가 조금이라도 달라졌다면 설사 내가 그 책을 읽었다는 사실조차 기억하지 못해도 괜찮다고 스스로 위안했다.

1 2 3 4 5 6

7 8 9 10 11 12

"분별이 있는 사람은 소설을 일 삼아 읽지는 않는다.
 그는 소설을 단지 재미로 읽는다."
서머싯 몸, 불멸의 작가, 위대한 상상력

---

monday

---

tuesday

---

wednesday

thursday

friday

saturday

sunday

7.

가방에 책 넣고 다니기

독자에서 작가로 거듭난 사람이 많다. 읽다 보면 쓰고 싶어지는 걸까(나도 그런 거겠지?). 하긴, 재미있는 영화 한 편만 봐도 말이 하고 싶어 입이 간지러운데, 그 오랜 시간 책을 읽은 사람이 어찌 입을 꾹 닫고 살 수 있을까. 읽고 쓰기는 그래서 한 몸 같다. 읽는 사람은 쓰고 싶어지기 마련이고, 쓰는 사람은 읽지 않고는 못 배기니까.

　　그러고 보면 독서와 글쓰기는 비슷한 점이 많다. 당장 머릿속에 떠오르는 것만도 세 가지다. 하나, TV나 게임처럼 즉각적인 쾌락을 주지 않는다. 읽거나 쓰는 행위는 뇌의 쾌락 중추에 직접적인 자극을 주지 않기 때문이다. 그래서 마음을 먹는다고 하여 하루아침에 독서나 글쓰기의 즐거움에 빠지기란 어렵다. 즐기려면 시간이 필요하다. 읽고 쓸 때 느껴지는 쾌감은 시간과 함께 커진다. 소나기처럼 한꺼번에 쏟아지지 않고 가랑비에 옷 젖듯 서서히 젖어 든다.

둘, 하고 싶어 하는 사람은 많으나 막상 하는 사람은 적다. 나탈리 골드버그의 《글쓰며 사는 삶》에는 글을 쓰고 싶다는 생각은 있으나 어렵다는 이유로 평생 글 주위만 맴돌다 결국 글을 포기한 사람에 관한 이야기가 나온다. 이 사람에게 필요한 처방은 단 하나다. '그러지 말고 글을 쓰라.' 이 예는 독서에도 그대로 적용된다. 읽고 싶은 '생각'에서 한 발짝 더 나아가 '읽어야 한다.'

셋, 어디에서나 할 수 있다. 책도 어디에서나 읽을 수 있고, 글도 어디에서나 쓸 수 있다. 더 잘 읽게 되고, 더 잘 써지는 공간이 분명 있지만 그럼에도 역시 장소 구애가 덜하다는 점은 같다. 그리고 바로 이 세 번째가 두 번째 문제를 해결해 주는 열쇠다. '생각'에서 그치지 말고 행위를 즐기기 위해 (지금 당신이 어디에 있든) 책을 읽고 글을 써 보는 것이다. 이를 위해 우리에게는 책과 메모장(혹은 스마트폰 메모앱) 정도가 필요할 뿐이다.

아침에 집을 나올 때 가방에 읽고 싶은 책을 넣어 보자. 언제나 꺼내 읽을 수 있게. 메모장도 챙겨 보

자. 언제나 꺼내 쓸 수 있게. 잠깐 짬이 날 때, 심심할 때, 기다릴 때, 읽고 싶을 때, 쓰고 싶을 때, 가방 안에 팔을 쑥 집어넣어 책이나 메모장을 꺼내 보는 거다. 매일 같은 행동을 반복해 보자. 처음엔 익숙하지 않을 테지만 자꾸 하다 보면 이젠 책이나 메모장 없이 밖에 나오면 왠지 모르게 하루 종일 헛헛할지도 모른다.

나도 아무 때나 글을 쓴다. 언제나 가방에 스마트폰이 있으니까. 아무 때나 책도 읽는다. 언제나 가방에 책이 있으니까. 나는 특히 자꾸만 가방을 의식하게 하는, 시간이 나면 즉시 꺼내 읽고 싶어지는 강렬한 책을 들고 다니길 좋아한다. 이를테면《비사교적 사교성》같은 책.

일본 사회 특유의 집단주의에 강력히 반발하며 자신은 '농밀한 인간관계'를 증오한다고 당당히 밝힌 철학자 나카지마 요시미치는 이 책에서 임마누엘 칸트의 삶과 철학을 통해 '의존에서 벗어나면서도 어떻게 고립되지 않을 수 있는가'를 이야기한다. 책의 제목 '비사교적 사교성'은 인간에겐 '사회를 형성하고자 하는 성질'과 '자신을 개별화하는 성질' 둘 다가 있다는 칸트의 말이다. 인간은 고립되지 않기를 바라면서도 한편으론 고립되길 바란다는 것이다. 타인과 관계

맺기가 어려워 타인을 기피하는 사람들에게 저자가 해 주고 픈 말은 이렇다.

> 단 하나의 유대만 있으면 된다. (중략) 당신이 진정으로 신뢰할 수 있는 사람, 당신이 살아 있다는 것 자체에서 힘을 얻는 사람이 있다면 당신은 살아갈 수 있을 것이다. 그저 당신을 진정으로 필요로 하는 사람을 찾는다면, 당신의 '제멋대로'를 진지하게 들어주는 사람이 있다면, 당신은 살아갈 수 있다.

오늘만은 내 마음대로 세상 사람들을 가방 속 은밀한 곳에 책을 넣고 다니는 사람과, 그렇지 않은 사람으로 나누어 본다. 시시때때로 책을 펼쳐 들고 저자의 이야기에 귀를 기울이는 사람과, 그렇지 않은 사람. 나는 내가 늘 전자이길 바란다. 그래서 집을 나설 때마다 책장 앞을 서성인다. 오늘 나와 함께해 줄 책을 고르기 위해서.

1 2 3 4 5 6
7 8 9 10 11 12

"나는 두뇌에 불이라도 붙은 듯,
 책을 읽지 않으면 목숨이 꺼지기라도 할 듯,
 필사적으로 책을 읽었다."
폴 오스터, 빵 굽는 타자기

---

monday

---

tuesday

---

wednesday

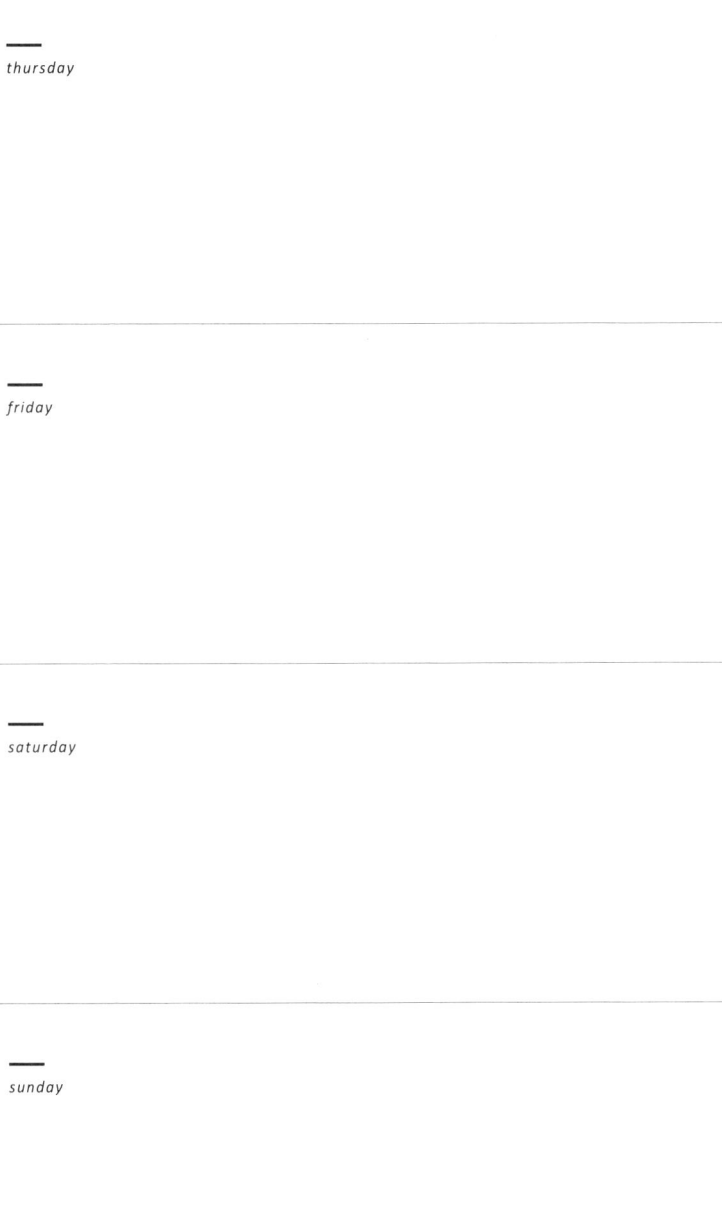

___
thursday

___
friday

___
saturday

___
sunday

8.

인터넷이 아니고 책이어야 할 이유

독서할 때만큼은 별 어려움 없이 집중할 수 있었다. 공부를 포함한 대부분의 일들에선 초반만 반짝 집중력을 발휘하다가 이내 건성건성해지기 일쑤였는데 독서는 달랐다. 한번 빠져들면 몇 시간이고 책 속에서 새로운 생각을 쌓았다. 책을 읽을 때 누가 부르는 소리도 잘 듣지 못해서 그 사람이 가까이 와 큰 소리를 내야 깜짝 놀라며 고개를 들곤 했다.

그런데 언젠가부터 책을 읽을 때도 집중하기가 쉽지 않아졌다. 책 속으로 재빨리 풍덩 빠져들고 싶은데 그게 잘 안 된다. 책을 펴기도 쉽지 않고 읽다가도 어느새 딴짓을 한다. 내가 자유자재로 집중할 수 있는 거의 유일한 일이던 독서에서 더는 자유롭지 않게 된 셈이다.

딴짓의 대부분은 스마트폰을 보는 일이다. 문

자가 오지도 않았고, 알람이 울린 것도 아닌데 괜스레 습관처럼 스마트폰을 만지작거린다. 그렇게 5분, 10분 스마트폰 세상에서 시간을 보내다가 다시 책으로 돌아오기를 반복한다. 자꾸 스마트폰에 정신이 팔려서 하고 싶은 일을 하지 못하는 통에 기분이 팍 상해 버린 적도 많다.

독서가 이제 한판 승부가 되어 버렸다. 어떻게 하면 집중해서 읽을 수 있을지 이리저리 작전을 짜고 전략적으로 책을 대한다. 매번 아슬아슬한 접전이다. 그래도 며칠에 한번씩 완독의 기쁨을 맛보니 승부를 게을리할 수는 없다. 승리 후 얻게 되는 짜릿한 쾌감을 결코 포기하지 못하기에 하루에도 몇 번씩 기꺼이 승부에 응한다.

왜 나는 이제 독서에 집중하지 못할까. 《생각하지 않는 사람들》에서 니콜라스 카는 인터넷 때문이라고 말한다. 인터넷이 정보를 제공하는 방식에 적응하다 보면 우리 뇌는 산만하고 피상적으로 사고하는 데 능숙해진다고 한다. 인터넷을 하면 할수록 집중하는 능력을 잃어버리는 것이다.

살아가는 동안 우리 뇌는 지속해서 구조 변형을 겪는다. 육체적이든 정신적이든 경험을 반복할 경우 변형이 온다. 이를 뇌 가소성이라고 한다. 습관이 형성되거나 사라지는 이유, 같은 상황에서 늘 같은 선택을 하는 이유, 오후 3시에 늘 초콜릿이 먹고 싶고, 밤 10시에 늘 드라마가 보고 싶은 이유가 모두 뇌 가소성 때문이다. 책에서 프랑스 과학자 레옹 뒤몽은 뇌 가소성을 '흐르는 물이 파 놓은 수로'라고 표현했다.

> 흐르는 물은 더 넓고 깊게 진행하면서 스스로 수로를 만들어 낸다. 시간이 지나고 또다시 흐를 때는 이전에 스스로 파 놓은 길을 따라간다. 이와 마찬가지로 외부 물체에 대해 받은 인상들은 우리 신경 체계 속에서 적합한 길을 더 많이 만들어 내고, 이 같은 살아 있는 통로들은 한동안 막혀 있다가도 비슷한 외부 자극을 받을 경우 되살아난다.

인터넷 경험이 흐르는 물이라고 한다면 인터넷을 하면 할수록 우리 뇌에 '산만함의 수로'가 더 넓고 깊게 파인다는 말이다. 산만함의 수로는 우리 사고방식 전체에도 영향을 끼친다. 독서나 공부처럼 집중력이 필요한 일을 하려 하면 뇌는 우리를 방해하고 산만함을 유발한다. 그러는 사이에 뇌는 끝내 의도를 관철시켜 우리를 책에서 떼어 낸다. 산만한 뇌가 신나게 뛰어놀 수 있는 스마트폰으로 데려가는 것이다.

그러니 단지 책을 읽어야 한다는 의지만으로는 책을 읽기 어렵다. 왜 예전보다 더 책을 읽기 어려워졌는지도 생각해 봐야 한다. 재미있는 놀잇거리가 많아졌다는 이유도 있겠지만, 인터넷이 우리의 집중력을 빼앗아 갔기 때문이기도 하다. 즉, 책과 가까워지기 위해선 인터넷을 멀리해야 한다는 말이다. 책에서 니콜라스 카는 우리 뇌에 '집중력의 수로'를 파는 방법도 알려 주었다. 독서라고 했다. 독서를 하면 할수록 집중력이 높아진다는 것이다.

1   2   3   4   5   6

7   8   9   10   11   12

"아무 생각 없이 산만한 정신으로 책을 읽는 건
 눈을 감은 채 아름다운 풍경 속을 거니는 것과 다를 바 없다."
 헤르만 헤세, 헤르만 헤세의 독서의 기술

—

monday

—

tuesday

—

wednesday

thursday

friday

saturday

sunday

9.
—

타이머앱 사용기

영국 학자 에브너 오퍼는 주의를 기울이는 일이 '행복의 보편적 도구'라고 말했다. 하지만 행복뿐일까. 주의를 기울이는 것은 '독서의 보편적 도구'이기도 하다. 아무리 재미있는 책이라 한들 그 책에 집중할 수 없다면 무슨 소용일까. 그래서 지난 몇 년간 책 앞에서 자꾸만 사라지는 주의력을 붙잡기 위해 나는 나름의 노력을 기울여 왔다.

그중 얼마간 시도했다가 포기한 것이 '인터넷 끊기'였다. 《달콤한 로그아웃》의 알렉스 륄레와 《로그아웃에 도전한 우리의 겨울》의 수잔 모샤트는 6개월간 인터넷을 끊고 산다. 한 사람은 독일에서 홀로, 또 한 사람은 호주에서 10대 세 아이와 함께. 결과는? 예상했던 대로 인터넷 끊기는 삶을 변화시켰다. 독일 저자는 드디어 내면의 소리에 귀를 기울이게 됐으며, 호주

저자는 인터넷에만 빠져 살던 세 아이가 새로운 취미와 꿈을 얻고 인간관계를 재설정하는 과정을 기쁜 마음으로 바라볼 수 있었다. 《로그아웃에 도전한 우리의 겨울》에서 아이들은 이렇게 변했다.

질문: 자신이 어느 정도 변화했다고 느끼니?

빌: 내가 변화하진 않았는데, 삶의 몇 가지 측면은 분명히 바뀌었어요. 우선 색소폰 연습과 독서가 늘었죠. 이 실험이 일종의 '방아쇠', 그러니까 계기로 작용한 것 같아요. 지금 당장 모든 게 예전으로 돌아가도 난 변하지 않을 거 같아요. 뭐하러 변하겠어요? 컴퓨터를 갖고 노는 거보다 더 재밌는데.

질문: 생각하는 시간이 더 많아진 거 같니?

애니: 네. 전에는 아무것도 안 하고 있는 시간이 많았어요. 다만 그게 페이스북을 기웃거리든가 하는 형태를 띠었던 것뿐이죠. 지금은 다른 놀거리를 찾게 됐어요. 외출도 더 많이 하고. 한동안은 요리에 열을 올렸었는데 이제는 사그라졌죠. 요즘엔 라디오를 훨씬 더 많이 듣고 있어요.

수지: 난 책을 더 많이, 그리고 더 빨리 읽고 있

어. 더 똑똑해진 거 같아. 마이스페이스 '독서란'에 보면 사람들은 대부분, 책? CBF(Couldn't Be Fucked '귀찮아!'), 이런 식이야.

긍정적인 변화를 맞았지만 두 저자는 6개월 후에 다시 인터넷 세상으로 돌아온다. 인터넷을 영원히 끊고 살 수는 없었을 테니까. 이 모습을 보고 내 관심은 '인터넷 끊기'가 아닌 '인터넷 통제' 쪽으로 기울었다. 인터넷을 어떻게 통제하면 좋아하는 독서와 하고 싶은 일을 재미있게 할 수 있을까. 한 지인은 내게 이렇게 귀띔해 주었다. "난 오전에는 스마트폰을 꺼 놔. 오전에 중요한 일을 몰아서 하지." 좋은 방법이다. 또 한 지인은 이렇게 말했다. "난 데이터 요금제를 사용하지 않아. 인터넷에 접속하지 않으려고." 이 또한 좋은 방법이다.

내가 찾은 방법은 이렇다. 우선, 인터넷을 자제하자는 마음가짐을 유지하려 노력한다. 아무 생각 없이 인터넷을 하고 있으면 '어? 이러지 않기로 했잖아' 하면서 인터넷을 멈춘다. 나도 모르게 자꾸 들여다보게 되는 앱들을 스마트폰에 남겨 두지 않는 것도 내가 쓰는 방법이다. 네이버, 다음 앱은 삭제했고, 유일하게 하는 SNS인 페이스북은 홈 화면에서 삭제했다. 페이스북에 접속하려면 몇 단계의 과정을 거쳐야 하니 아무래도 점점 덜 들어가게 됐다.

단지 이렇게만 한다고 바로 집중력이 시원하게 뿜어져 나오지는 않아서 사용하게 된 것이 타이머앱. 내가 다운로드한 타이머앱은 매우 단순하다. 화면 하나에 시간, 분, 초만 입력되어 있다. 이 화면에 시간을 설정해 놓고 그 시간 동안 '딴짓'만 안 하면 된다. 주로 20분으로 설정하는데 여기서 20분은 '아파트가 무너지지 않는 한, 귀여운 조카가 방으로 침입하지 않는 한 무조건 이 20분 동안에는 한 가지 일에 집중해야 한다'는 의미다.

책을 읽기 시작하며 타이머를 켠다. 20분 동안에는 무슨 일이 있어도 책만 읽는다. 알람이 울리면 잠시 쉬다가 다시 타이머를 돌린다. 또 책에 집중한다. 한 번에 20분은 무조건 읽게 되므로 타이머를 세 번만 돌려도 한 시간을 '집중'해 읽는 게 된다. 이쯤 되면 뿌듯한 마음 때문인지 절로 집중력이 되살아난다. 이후에는 타이머 없이 느긋이 책을 읽는다.

1 2 3 4 5 6

7 8 9 10 11 12

"우리가 인정할 수 있는 단 한 가지 사실은
 고전은 읽지 않는 것보다 읽는 것이 낫다는 것이다."
 이탈로 칼비노, 왜 고전을 읽는가

---

monday

---

tuesday

---

wednesday

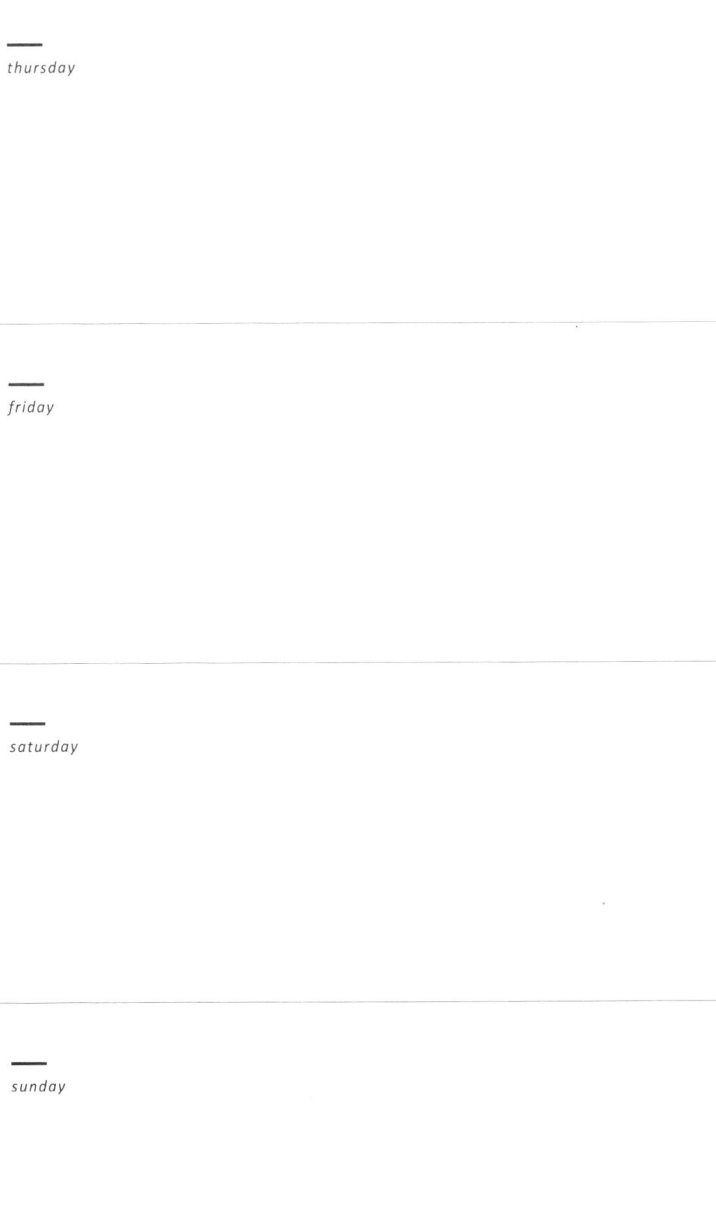

thursday

friday

saturday

sunday

10.

고전 읽기

헤르만 헤세의 《데미안》을 '처음' 읽은 친구는 감상평을 이렇게 전했다.

"난 헤르만 헤세보다 헤세 이후의 소설가들이 더 대단해 보여."

"왜?"

"이 소설을 읽고 어떻게 소설을 쓸 생각을 했을까? 이 책이 어떻게 살아야 할지 다 말해 줬는데!"

친구가 책을 읽으며 얼마나 강렬한 느낌을 받았는지 전해졌다. 친구는 나 때문에 이 소설을 읽었다. 서른 즈음에 《데미안》을 '다시' 읽은 나는 너무 좋았던 나머지 틈만 나면 《데미안》 이야기를 했고, 친구도 덩달아 읽게 됐으며, 결국 이렇게나 뜨거운 감상평을 전한 거였다.

> 고전이란, 사람들이 보통 "나는 ……를 다시 읽고
> 있어"라고 말하지, "나는 지금 ……를 읽고 있어"
> 라고는 결코 이야기하지 않는 책이다.

이탈로 칼비노가 《왜 고전을 읽는가》에서 한 말이다.

사람들은 왜 나처럼 '다시' 읽는다고 말하는 걸까. 칼비노에 따르면 "유명 저작을 아직 읽지 않았음을 부끄러워하는 사람들의 궁색한 위선" 때문이다. 나도 가끔 나의 위선을 알아채곤 하지만, 《데미안》만큼은 위선이 아니었다. 나는 정말 어렸을 때 이 책을 읽었고, 오랜 시간 데미안이 주인공인 줄 알고 살았으며(주인공은 싱클레어이다), 다시 읽으면서는 주인공을 되찾음과 동시에 감동까지 했으니 말이다.

더더군다나 나는 고전을 많이 못 읽었다고 부끄러움을 느끼지도 않는다(정말!). 과연 고전이라 불리는 책을 다 읽은 사람도 있을까? 다만, 욕망하기는 한다. 《데미안》처럼 내 내면을 뜨겁게 달궈 줄 책을 다시 또 읽게 되기를.

이탈로 칼비노는 《왜 고전을 읽는가》에서 "고전이란, 우리가 누구이며 우리가 어디에서 왔는지를 이해할 수 있게 도와준다"고 말했다. 하지만 이렇게나

위대한 고전이라 하더라도, 나는 고전만 읽어야 한다고는 생각하지 않는다. 오히려 고전만 읽는 사람들이 참 대단해 보인다.

예를 들면, 이번에 내가 사뮈엘 베케트의 《고도를 기다리며》를 읽었다고 하자. 이 책을 다 읽고 내용을 음미하는 데만도 적어도 1주일, 아니 2주일이 걸릴 테다. 그리고 아마 몇 년간은 누군가를 기다리는 일로 삶을 연명하던 주인공 에스트라공과 블라디미르를 간혹 떠올릴 것이다. 그러다 어느 날은 나 역시 무언가를 기다리는 일로 하루하루를 버티고 있다는 사실을 자각하게 되리라. 두 사람은 평생 내 기억에 남을지도 모른다.

이토록 내게 깊은 영향을 미치는 책을, 삶이 무엇인지 무겁게 통찰한 책을 연달아 읽을 자신이, 능력이, 내게는 없다. 그래서 나는 고전을 읽고 나서 바로 또 고전을 읽지 않는다. 고전이 소화되길 기다리며 고전이 아닌 책들을 읽어 나간다. 그러다 '이쯤에서 읽어야겠다' 하는 느낌이 오면 《자기만의 방》이나 《이반 데니소비치의 하루》 같은 책을 꺼내 읽는다.

칼비노 역시 고전만 읽는 독서를 경계했다. 그는 "고전을 읽으면서 최대한의 성과를 거두기 위해서는 동시대에 쏟아지는 글들을 적절한 분량만큼 섭취해 가면서 읽어야 한다"고 말한다. "고전을 읽기 위해서는 그것을 '어떤 관점에서' 읽을지를 설정해야만" 하는데, 이 관점을 제공하는 게 동시대 책이라는 것이다.

고전만 읽는다면 과거의 시공간에 갇혀 지금이 자리에선 길을 잃을 수 있다. 반면, 고전이 아닌 책만 읽는다면 삶의 근원에서는 멀찍이 떨어져 피상적인 실천만 하며 떠돌 수 있다. 고전과 고전이 아닌 책을 균형 잡히게 읽어야 할 이유다.

아래는 《왜 고전을 읽는가》에서 내가 가장 크게 고개를 끄덕인 문장이었다. 고전에 대해 이러쿵저러쿵 각기 다른 의견을 갖고 있더라도 이 문장을 부인할 사람은 없지 않을까.

우리가 인정할 수 있는 단 한 가지 사실은 고전은 읽지 않는 것보다 읽는 것이 낫다는 것이다.

1 2 3 4 5 6

7 8 9 10 11 12

"문학작품을 읽으면 사고의 측면에서
가능성의 스펙트럼이 열립니다.
인간이 삶을 이끌어 나가는 모습이
얼마나 다를 수 있는가를 알게 되는 것이지요."
페터 비에리, 자기 결정

monday

tuesday

wednesday

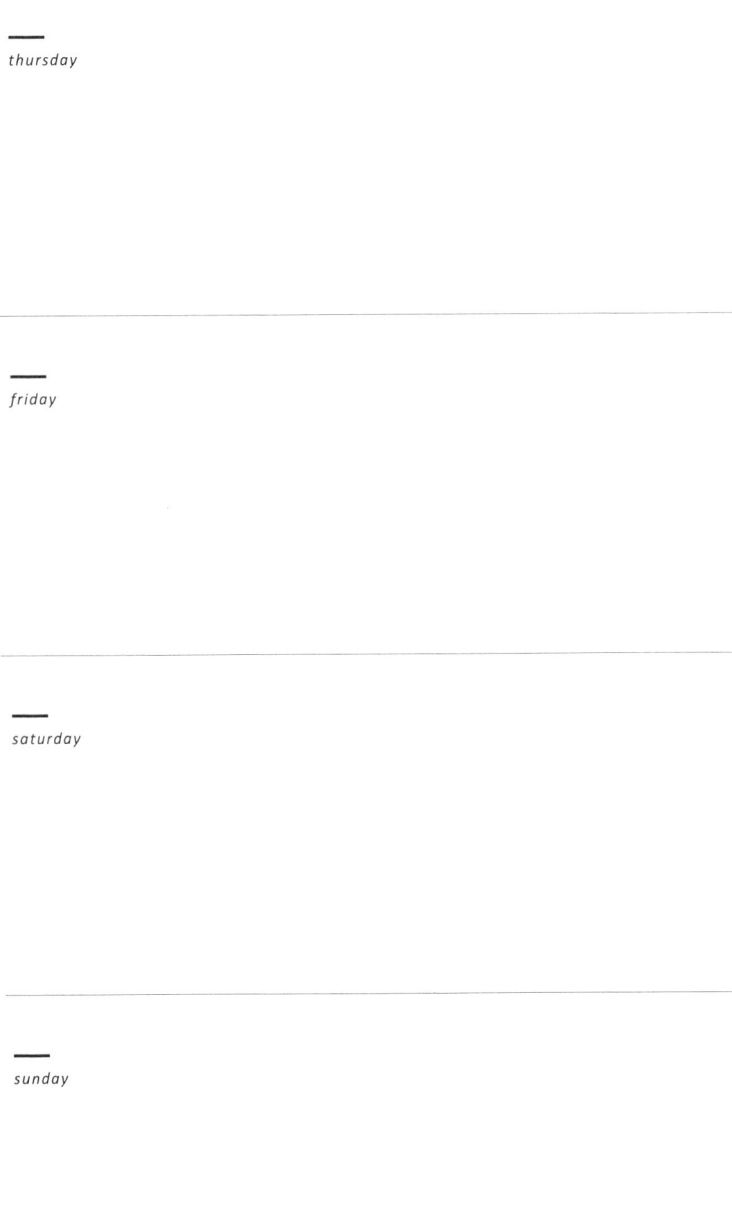

thursday

friday

saturday

sunday

11.

소설 읽기

"남이 만들어 놓은 허구의 이야기는 도대체 왜 읽는 건 가요?"라고 묻는 사람들이 있다. 발을 동동 구르며 살아가기에도 바쁜데, 실제 살아 있지도 않은 인물의 삶을 왜 들여다보고 있느냐는 것이다. 그렇게 시간이 많으면 '내 삶'에 쏟는 게 낫지 않겠냐는 소리일 테다. 이런 말을 들으면 이번만큼은 당신의 생각이 틀렸다고 말해 주고 싶다. 소설을 읽는 우리는 누구보다 '내 삶'에 관심이 많다고.

소설 애호가는 허구의 인물을 통해 자신의 삶을 읽는 사람이다. 나와 너무나도 다른 사람의 삶을 보고 있는데 자꾸 내 삶이 들춰지는 것 같아서, 소설가가 내 내면을 꿰뚫어 보고 있는 것 같아서, 우리는 소설을 손에서 놓지 못한다.

우리는 소설 속 인물들이 펼쳐 놓은 다양한 삶

을 통해 '이렇게만 살아야 한다'가 아니라 '저렇게도 살 수 있다'는 걸 이해한다. 현실과 편견이라는 좁은 시야에 갇히면 사람은 스스로 자신의 삶을 압박하기 쉽다. 보고 듣는 것들이 삶을 확장시켜 주기보다 도리어 한계가 되어 삶을 가로막는다. 지금 이 삶에서 이탈하게 될까 봐 살얼음판 걷듯 살게 되고, 목표를 향해 열심히 살면 살수록 소극적인 태도가 굳어진다. 그러다 예상과 다른 오늘을 맞게 되면 털썩 주저앉아 절망한다. 절망에서 빠져나오는 방법을 모르기에 더 절망스럽다.

하나의 생활방식만 좇던 사람이 다양한 세상살이에 눈을 뜨면 삶은 변한다. 내가 기피하던 어떤 인생이 누군가가 열정을 다해 추구하는 삶일 수도 있다는 사실을 아는 순간 우리의 눈과 귀는 달라진다. 열쇠 구멍만큼 작던 시야가 통유리창 앞에 선 듯 넓어지고, 거짓과 과장으로 산만했던 귀가 진실한 목소리를 향해서 열린다. 어제와 같은 하루를 살지라도 눈과 귀가 바뀐 사람의 삶은 다른 삶이 된다. 대안이 갖춰졌기에 불안이 덜하다. 발을 동동 구르는 대신, 삶을 향해 적극적으로 한 발짝 나아간다.

무엇보다 소설을 읽을 때 좋은 점은 어차피 정답이 없는 줄 알면서 계속 질문을 던지게 된다는 것이다. 아무리 생각해도 소설 속 인물이 왜 그러는지 알수 없고, 어렴풋한 근거로 나름의 해석을 내놓을 때도정답이라는 확신은 없다. 모든 해석이 다 정답일 수 있고 오답일 수 있는 상황. 그런데도 계속 질문하고 생각하게 된다. 마치 인생에서 그러하듯.

소설이 창조한 인물 가운데 가장 모호한 인물을 꼽으라면 바틀비도 그중 한 명 아닐까. 허먼 멜빌의 소설 《필경사 바틀비》에 나오는 바틀비. 그의 유명한 대사 "안 하는 편을 택하겠습니다"는 한번 들으면잊을 수 없을 만큼 강렬하다. 하지만 이 대사마저도 모호하기 그지없다. 바틀비가 이 말을 왜 반복해서 내뱉는지 아무도 알지 못한다. 알 수 있을 것도 같지만, 정확히 알 수는 없다.

"바틀비, 자네의 출생지가 어딘지 말해 주겠나?"
"안 하는 편을 택하겠습니다."
"자네에 대해 무엇이든 아무거나 말해 주겠나?"
"안 하는 편을 택하겠습니다."

어떻게 이다지도 상냥한 어투로 하기 싫은 건 모조리안 하겠다고 말하는 건지, 악의도 없이, 무례함도 없이 왜 사람들을 곤란하게 하는지, 왜 사장 몰래 사무실에서 무전취식하는지, 왜 느닷없이 필사를 그만두겠다고 하는지, 그럴 거면서 사무실에서는 왜 안 나가려 하는지. 허먼 멜빌마저도 이 '왜들'에 대답할 수 없지 않을까. 그래서 우리는 계속 물을 뿐이다. 바틀비의 삶은 왜 명료하게 드러나지 않는지, 왜 우리네 삶도 이토록 불투명하기만 한지, 왜 삶에서 중요한 모든 것에는 정답이 없는지, 이렇게 늘 확신 없이 살아도 괜찮은지, 이런 게 삶인지. 그저 계속 물을 수밖에 없음을 나는 소설을 통해 배운다. 소설은 남의 이야기가 아니다.

1 2 3 4 5 6

7 8 9 10 11 12

"타인의 마음을 아프게 했을 때,
내가 나를 속였을 때, 자신에게 당당하지 않을 때
시는 오지 않는다."
박준, 나는 매번 시 쓰기가 재미있다

---

monday

---

tuesday

---

wednesday

thursday

friday

saturday

sunday

12.

—

시 읽기

2013년 1월 12일에 친구에게 시집을 한 권 선물받았다. 시집의 첫 페이지에는 "평생 함께 글쓰고 싶어요"라고 쓰여 있었다. 친구는 시인이 되고 싶다고 했다. 시를 배우고 유명 시인과 낭독회를 정기적으로 열었다. "지하철에서 책 읽는 사람은 더러 봤는데 저처럼 시집을 읽는 사람은 한 명도 못 봤어요"라며 웃곤 하던 친구에게 나는 가끔 물었다.

"시가 왜 좋아요?"

나는 어렵기만 한데 친구는 왜 시가 좋을까. 그냥 좋단다. 시를 읽다 보면 왜 하필 그 단어가 그 자리에 들어갔는지 모르겠는 경우가 많은데, 왜 그 단어여야 했을까를 생각하는 일이 너무 재미있단다.

"예를 들면 이런 시구가 있다고 해 봐요. '그날, 태양에서 냄새가 났다.' 말이 안 되잖아요. 태양에서 왜 냄새가 나요. 그런데 시인은 냄새가 났다고 했어요. 왜 이렇게 썼지 이리저리 궁리하다가 태양을 보면 정말 냄새가 나는 것도 같거든요. 그러다 태양이 강렬하게 떠 있던 어느 날 어느 길목에서 시인이 떠올리고 있었을 누군가를 추측해 보기도 하는 거예요."

친구의 이야기를 들으며 알 수 있었다. 내가 시를 어려워하는 이유가 바로 여기에 있음을. 읽는 순간 번쩍 통찰의 힘이 드러나는 시도 있지만 고개를 갸웃하게 하는 시도 많았다. 여기에 왜 이 단어가 쓰인 거지! 시인의 고유한 단어 사용법에 마음이 답답해지기도 했다. 특히 현대시라 일컬어지는 시를 읽으면서는 무슨 말인지 잘 모르겠다는 생각이 든 게 한두 번이 아니다.

언젠가 고개를 더 많이 갸웃거리게 하는 시일수록 좋다고 말하는 이를 만난 적이 있다. 그런 시를 정확히 해석하기란 애초에 불가능에 가깝기에 독자마다 해석의 자유를 누릴 수 있어서라고 했다. 시가 내 안의 어떤 감정을 건드린다면 의심하지 말고 그 감정에 깊이 천착해 보는 것, 시를 읽는 사람이 할 일이 이것 말고 또 뭐가 있겠느냐고 그녀는 말했다. 이렇게 생각할 수도 있겠다는 생각을 처음으로 해 봤다. 시의 난

해함이 독자를 자유롭게 할 수도 있겠다고.

시를 엄격하게 보는 시인도 물론 있다. 《나는 매번 시 쓰기가 재미있다》에서 황인찬 시인은 이렇게 말한다.

단 한 편의 시는 별다른 의미를 갖지 못한다. 진정 의미 있는 시가 되기 위해서는 수많은 시편들과 다수의 시집들로 구성되는 시인의 시적 궤적이 완성되어야만 하는 것이다.

시를 쓰는 입장에서 한 말이지만, 시를 읽는 이에게도 해당하는 말 같다. 시 한 편을 읽고 느낀 감정만으로는 그 시를 제대로 읽었다고 말하기에 부족할지 모른다.

《싸울 때마다 투명해진다》에서 작가 은유는 "생이 고달플수록 시가 절실했다"고 말한다. 책꽂이 앞에 주저앉아 30분간 시를 읽으며 "남루한 현실을 직시하는 것만으로도" 해방감을 느낄 수 있었다고 한다. 그녀의 말에 따르면 시는 삶을 위로하지도 치유하지도 않는다. 책에서 인용한 황동규 시인의 말대로 "시는 행복 없이 사는 훈련"이므로, 매일매일이 불행하더라도 시를 통해 "불행한 채로 행복하게 살 수" 있을 뿐이다.

2017년이 된 지금, 친구는 더 이상 시인이 되려는 마음이 없다. 시 쓰기를 포기했다거나, 시가 싫어져서는 아니다. 시만큼 재미있는 일이 더 있어서다. 여전히 시를 즐겨 읽고, 시 동향을 줄줄 꿰고 있는 그에게 이번에 만나 또 물었다.

"우리는 왜 시를 읽을까요?"

"아파서겠죠. 많이 아픈데, 시가 같이 아파해 주니까요."

4년 전 친구에게 선물받은 시집은 김승희 시인의 《희망이 외롭다》였다. 친구를 만나고 돌아와 이 시집을 펴 들었다. 시 〈'아랑곳없이'라는 말〉을 읽었다. 이렇게 시작했다. "결국 모든 시의 제목은 이런 것이 아닐까?/ 나는 이렇게 위독하다… 는/ 이상은 그렇게 위독의 문학을 했다,/ 나는 이렇게 위독하다고,/ 김유정도, 카프카도 그런 위독의 문학을 했다." 하루를 끝마치고 밤을 맞이하며 시를 읽은 우리 역시 오늘 위독했던 걸까. 위독할수록 삶이 더 절실하기에 우리는 위독의 시를 찾아 읽는다.

1　2　3　4　5　6

7　8　9　10　11　12

"우리는 우리가 읽은 것으로 만들어진다."
마르틴 발저, 어느 책 읽는 사람의 이력서

---

monday

---

tuesday

---

wednesday

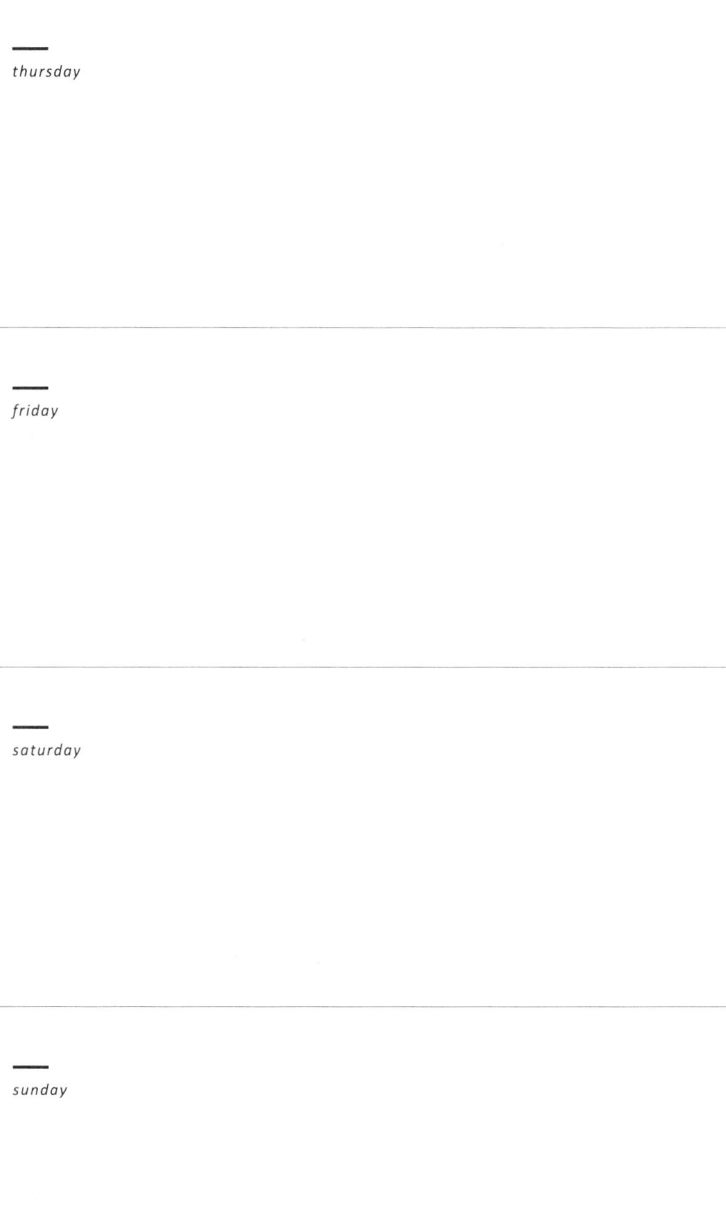

thursday

friday

saturday

sunday

13.

—

인터넷서점, 페이스북, 인스타그램

열혈 독서가란, 늘 책 정보에 촉각을 곤두세우는 사람 아닐까. 누가 좋은 책을 많이 알고 있는지 눈여겨보고, 인터뷰에서 인터뷰이가 언급한 책을 찾아보고, 사람들 사이에서 의미심장하게 거론되는 책이 뭔지 귀를 기울이면서 책 정보를 모으는 사람. 읽어야 할 책이 가득한데 하루에도 몇 번씩 '읽을 책이 또 뭐가 있나' 두리번거리는 게 버릇이 되고 만 사람.

그렇다 보니 읽고 싶은 책이 너무 많아 괜스레 시름에 젖기도 한다. '언제 이 책들을 다 읽지?' 아무리 한숨을 쉰들 '이 책들을 다 읽는' 방법은 단 하나뿐이라는 사실도 안다. 부단히 지금 읽는 이 책을 읽어나가는 것. 때론 진짜 재미있어 보이는 책을 미리미리 준비해 두는 게 눈앞의 책을 열정적으로 읽어야 할 동기가 되기도 한다.

나는 책을 읽으면서도 몇 번씩 멈춰 서며 책 정보를 모은다. 책에 언급된 또 다른 책을 마치 저자가 내게 추천해 준 책이라는 듯이 검색부터 하고 본다. 다른 논문에 몇 번 인용되었는지가 해당 논문에 대한 평가를 좌우하듯, 책에 거론된 책에는 일단 신뢰감을 느낀다. 그 책이 평소 나의 관심사와 닿아 있다면 할 일이 하나 더 생긴다. 잊기 전에 인터넷서점 카트에 담아 놓기. 우선 담아 놓고 나중에 읽고 싶을 때 몇 권씩 주문한다.

　　요즘엔 페이스북에서도 책 정보를 곧잘 얻는다. 정보를 얻으려 일부러 출판사, 온오프라인 서점, 팟캐스트, 동네책방과 언론사를 팔로우해 놓았다. 출판사들의 홍보글에서 신간 소식을 접하고 언론사와 서점의 책 칼럼을 읽으며 누군가에게 깊은 인상을 남긴 책을 또 한 권 안다. '페친'들이 무심히 '나 요즘 이 책 읽고 있어요' 하고 올린 글을 봐도 그냥 넘어가지 못한다. 처음 보지만 마치 기다렸던 듯 반가운 책을 만나면 역시나 또 인터넷서점 카트로 직행.

　　사회역학자 김승섭의 《아픔이 길이 되려면》도 출판사 페이스북에서 처음 접했다. 뒤이어 신문사 서평을 발견했고 '페친'이 지금 이 책을 읽고 있다는 소식까지 연달아 눈에 들어왔다. 인터넷서점 저자 소개에 "열심히 살아가는 보통 사람들이 자기 삶에 긍지를 갖지 못한다면 그것은 사회의 책임이라고 생각한다"는 문장이 쓰여 있었다. 미리보기를 통해 읽어 본 서문에서 저자는 우리가 건강하게 살기 위해선 의료기술의 발전만으론 부족하다고 말했다. 사회가 개인의 건강을 책임져야 한다는 말이었다. 나는 이 책이 '처음 보지만 마치 기다렸던 듯 반가운' 책이라는 걸 금방 알아봤다.

한국의 건설노동자를 아프게 하는 가장 중요한 요인은 암 발생을 초래할 수 있는 유전적 요인보다는 고용불안 속에서 안전 장치 없이 하루하루 일해야 하는 위험한 작업환경일 테니까요. 허리가 아파도 병가를 쓸 수 없는 소프트웨어 개발자들에게 바로 옆 건물 병원의 의료기술은 과연 실제로 존재하는 것이라 할 수 있을는지요.

얼마 전엔 '#북스타그램' 검색도 해 봤다. 요즘엔 인스타그램에서 책 정보를 주고받는 문화가 출판 시장에도 제법 큰 영향을 미치고 있단다. 사람들은 마치 여행지에서 인증샷을 찍듯 책을 찍어 서로서로 정보를 공유한다. 다른 사람들은 요즘 무슨 책을 읽는지 궁금하다면 '#북스타그램'으로(또는 '#책스타그램') 한번 검색해 보라. 놀랍게도 무려 120만 개의 '#북스타그램' 사진이 뜬다(지금 이 순간에도 사진이 차곡차곡 쌓이고 있다).

인스타그램의 세상에선 테이블 위에 가지런히 놓인 책의 표지, 책과 맥주 혹은 커피의 매치, 클로즈업된 책 속 문장, 서정적인 배경 위에 포토샵으로 옮겨 심은 인용구가 공유되고 있다. 책 제목을 확인하고 문구들을 읽으면서 스크롤을 내리고 또 내려도 끊임없이 이미지가 올라온다. 120만 개니까! 수많은 책이 존재를 뽐내며 쌓여 가는 공간에 내가 모르는 책 사진이 수두룩했다. 인터넷서점 홈페이지를 함께 열어 놓고 새로 알게 된 책을 하나둘 검색하기 시작했다. 자, 무슨 책을 고를까?

1 2 3 4 5 6

7 8 9 10 11 12

"거기서 겉옷쯤은 벗어 던지고
그다음 그다음을 궁금해하며 책장을 넘기는 그 순간,
나의 일상은 언제나 불안정하고
나의 영혼은 호기심과 설렘으로 충만하다."
정혜윤, 침대와 책

---

thursday

---

friday

---

saturday

---

sunday

14.

침대와 밤 그리고 조명

해외여행을 떠날 때면 발동하는 고질적인 버릇이 있다. 안 되는 줄 알면서도 매번 똑같은 계획을 세우고 기어코 실패하고 돌아온다. 어느 나라, 어느 도시, 어느 골목이어도 상관없다. 이국 분위기가 물씬 풍기는 장소에서 몇 시간이고 앉아 책을 읽는 나의 모습 구현하기. 이를 위해 체코, 헝가리, 오스트리아로 7박 9일 여행을 떠나면서 《걷기 예찬》, 《달콤 쌉싸름한 초콜릿》, 《열정》 등 책을 다섯 권이나 들고 갔다.

　　이미지 속 나의 모습은 어딘가에서 봤음직한 장면들을 충실히 따른다. 이를테면 내가 발리에서 봤던 아름다운 여인. 그녀는 파라솔 아래에 느긋하게 누워 몇 시간째 책을 읽고 있었다. 어쩌면 프랑수아즈 사강의 《브람스를 좋아하세요…》인지도 모를 책을. 언젠가 영화 또는 사진에서 봤던 장면도 떠오른다. 에펠탑

근처 파리의 어느 골목 카페에 앉아 밀란 쿤데라의 《정체성》을 읽고 있는 중년 남성. 그럴듯하게 꼰 오른쪽 다리 위에 책이 안정적으로 놓여 있고, 테이블 위 커피잔에는 커피가 반쯤 남아 있으며, 그는 '무조건' 안경을 쓰고 있다.

이 장면들에서 나는 책의 낭만성을 본다. 책은 낭만적이다. 책을 읽는 사람도 그렇다. 책에 깊이 침잠한 사람에게서만 뿜어져 나오는 기운. 그 분위기. 그 시선. 이 세상에서 가장 내밀하고 조용한 변화는 책을 읽는 그 사람의 내면에서 벌어지고 있고, 그 사람은 그 모습 자체로 내게 가장 낭만적인 이미지가 된다. 그래서 나도 그 이미지 속으로 한번 들어가 보고 싶은 것이다.

하지만 여행지에 도착한 나는 한곳에 오래 머무르지 못한다. 카페에 느긋이 앉아 책을 읽고 싶지만 30분이 채 못 되어 책을 가방에 찔러 넣고 이름 모를 골목이라도 휘젓고 다닌다. 문득문득 낭만을 입지 못한 나를 자책하면서, 그럼에도 눈앞의 모든 것에 반응하면서.

일상성에 관해 생각해 본다. 7박 9일 여행에서는 결코 획득할 수 없는 여행지에서의 일상성. 한 달,

아니 두 달 여행 온 사람들에게는 어느새 프라하가, 부다페스트가, 빈이 일상적인 장소가 되었던 것 아닐까. 외부 환경이 더는 감각을 자극하지 않자 그들은 이제야 카페에 앉아 책을 읽을 수 있던 것 아닐까. 하지만 내 감각은 여전히 눈앞의 책이 아닌 그 외의 모든 것들로 뻗어 나간다.

낭만성이란 누군가의 일상성에 내가 제멋대로 붙인 해석일지도 모른다. 그러니 더 이상 실패에 골몰하지 않기로 했다. 이미지 속 모습을 포기하겠다는 건 아니다. 그들처럼 일상의 공간에서 낭만성을 찾아보겠다는 얘기다.

침대라는 공간에 밤과 조명이라는 향신료를 뿌리자 낭만이 찾아왔다. 비싼 비행기표 대신 7만 원짜리 조명을 침대 옆 테이블에 놓아두고 밤이 오길 기다린다. 밤이 오면 조명을 켠다. 조명 빛을 받으며 침대에 반쯤 누워 책을 읽는다. 내가 누릴 수 있는 최대한의 낭만이 지금 이 시간, 이 공간에서 발현된다. 감각은 오로지 책으로만 뻗어 들어간다.

정혜윤의《침대와 책》은 제목만으로 이미 일상성과 낭만성이 만나는 최고의 지점에 도달한다. 집요한 다독가가 풀어놓는 감각적인 서사 앞에서 나는 낮

동안 덮어썼던 사회적 자아를 벗어던지고 기쁘고도 수줍게 낭만적 자아를 움켜쥔다. 밤에 나는 이런 문구를 만나면 짧게 웃는다.

> 피곤과 불안과 염려와 설렘과 기대와 내일의 일을 책으로 대치해 버리는 것은 나의 가장 오래된 버릇이니까.

침대와 책과 밤, 그리고 조명만 있으면 우리가 있는 이곳이 어느 나라, 어느 도시, 어느 골목, 어느 카페가 된다. 우리는 밤마다 낭만적인 인간으로 되살아나 어느 아름다운 이미지 속 인물이 된다. 다른 누군가에게 책을 읽고 싶은 욕구를 불러일으키는, 하지만 본인에게 가장 중요한 일은 책을 읽는 것뿐인 한 인간이.

1   2   3   4   5   6

7   8   9   10   11   12

"책을 읽고 마음에 든 작가가 생겼는데
 그 작가가 쓴 책이 알고 보니 적어도 열 권은 넘는 거예요.
 이보다 더 즐거운 일이 있을까요?"
 앨런 베넷, 일반적이지 않은 독자

---

monday

---

tuesday

---

wednesday

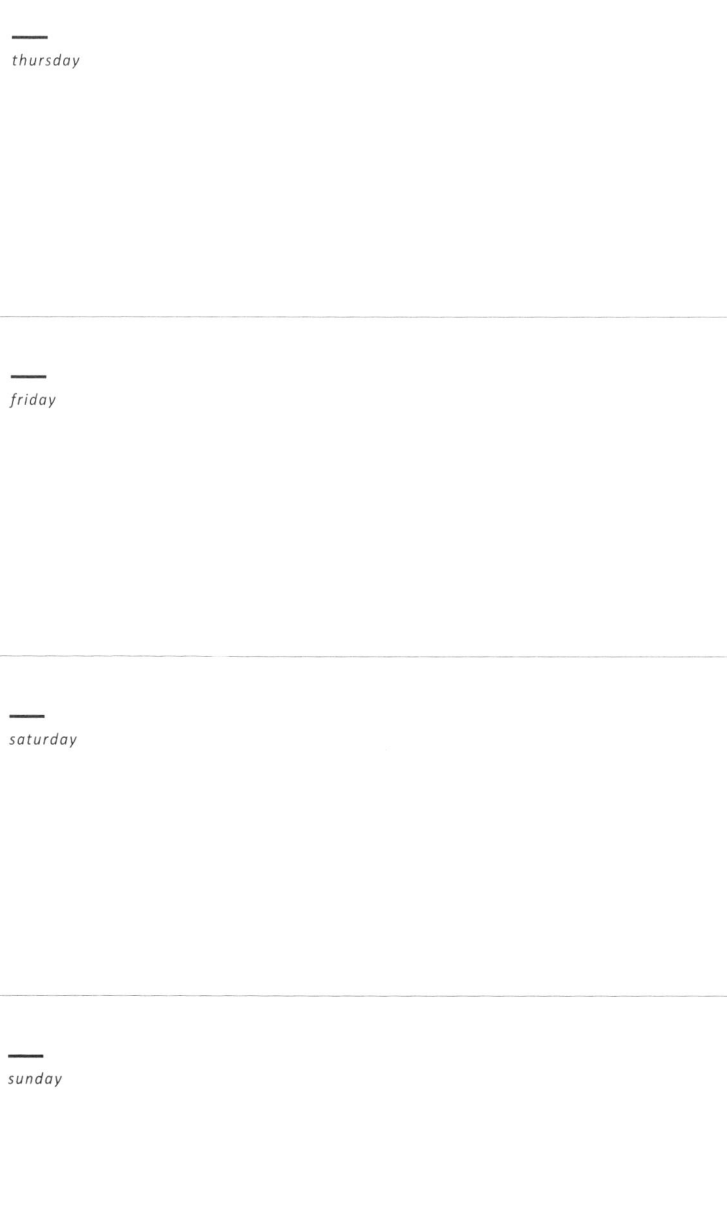

___
thursday

___
friday

___
saturday

___
sunday

15.

좋아하는 작가가 있다는 것만으로

직장 동료로 만났지만 마치 고등학교 때 짝꿍으로 만난 양 우리는 싸우기도 잘하고, 어울려 놀기도 잘했다. 내면에 비판의 날을 곧잘 세우던 나와, 내면에 어둠을 한 움큼 지니고 있던 친구는 농담이 잘 통했다. 우리는 눈이 마주칠 때마다 "친구여, 얼른 나를 웃겨 봐" 하며 서로 눈짓하고는 했다. 직장생활 내내 우리 둘이 나눈 농담의 양은 정말 어마어마하다.

　　친구에겐 여러 매력이 있었는데, 그중에서도 한 작가의 열렬한 팬인 점이 가장 탐이 났다. 그 친구는 다른 모든 책은 마다하고 무라카미 하루키 책만 읽었다. 잠을 잘 때도 하루키 책을 읽다 잠이 들고, 심심할 때도, 우울할 때도 하루키 책을 읽었다. 나는 그녀의 열정에 입을 쩍 벌리며 왠지 읽어야 할 것 같아 시도했지만 결국 포기하고 말았던 하루키 책들을 머릿속에 떠올리곤 했다.《해변의 카프카》,《태엽 감는 새》,《노르웨이의 숲》…… 그리고 또 뭐가 있더라.

　　이런 사정을 털어놓자 친구는 내게《댄스 댄스 댄스》를 추천했다. 친구의 닦달과 기대를 한 몸에 받으며 나는 오랜 시간에 걸쳐 하루키 소설을 처음으로 '다' 읽었다. 그런 내가 기특했던지 내 생일이 돌아오자 친구는 당연하단 듯이《무라카미 라디오》라는 에세이를 선물로 줬고, 나는 또 친구의 닦달과 기대를 한 몸에 받으며 두 번째로 하루키 책을 '다' 읽었다. 이로써 나는 하루키 (소설이 아닌 에세이) 팬이 되었다. 언젠가 친구에게 문자 메시지로 물었다.

　　"하루키의 매력이 뭐야?"

　　친구는 이렇게 답했다.

　　"그의 솔직함과 거리낌 없음과 분방함과 간결함과 군더더기 없음과 기발한 상상력! 마지막으로 그의 피식 웃게 하는 유머감각! 난 그를 사랑하는지도……." (2006년에 실제로 받은 메시지다.)

　　버트런드 러셀의 말처럼 우리가 대상에 갖는 관심의 크기가 우리의 행복에 영향을 미친다면, 하루키 새 책이 출간될 때마다 친구의 행복도는 저 하늘 높이 치솟을 터였다. 누군가의 팬이 된다는 건 행복한 일이다.

　친구처럼 나도 작가들의 팬이 되고부터 독서에 더 재미가 붙었다. 오랫동안 나는 책의 저자나 제목을 크게 신경 쓰지 않았다. 저자가 누구든, 제목이 뭐든, 재미있으면 그뿐이었으니까. 그러다 정확히 기억나지 않는 언젠가부터 저자가 신경 쓰였고, 저자의 이름을 기억하기 시작했다. 저자와 책 제목을 연결 짓고, 좋아하는 작가, 좋아하는 책을 손꼽기 시작하자 그 전에는 보이지 않던 '책의 세계'가 눈에 들어왔다. 작가와 독자가 활자를 매개로 만들어 가는 흥미로운 지적 세계가.

　이 세상 어느 골방에서 몇 개월, 또는 몇 년의 시간을 보내며 하나의 세계를 창조하는 작가. 이 세상 어딘가에서 삶이 조금은 수월하게 나아가기를 밤마다 고대하며 책을 펴 드는 독자. 이 둘이 어느 서점 매대에서 우연히 만난 이후의 시간. 작가가 생각으로 지어 올린 세계가 독자의 현실에 부여한 한 줄기 희망. 독자는 기꺼이 작가에게 찬사의 마음을 담아 말한다. 당신의 책이 참 좋다고. 그 책을 쓴 당신도 참 좋다고. 어쩌면 나는 당신을 "사랑하는지도……."

　나는 친구와 다르게 좋아하는 작가가 꽤 된다.

폴 오스터도 그중 하나이다. 제목에 끌려 읽은 《브루클린 풍자극》으로 바로 팬이 됐고, 연달아 읽은 책 《달의 궁전》과 《거대한 괴물》에서 팬심을 굳혔다. 《뉴욕 3부작》, 《선셋 파크》, 《빵 굽는 타자기》는 물론이고 이후의 책들도 재미있게 읽었다. 폴 오스터를 알게 해 준 책이라서인지 가장 좋아하는 책은 아직도 《브루클린 풍자극》이다. 심지어 이 책 때문에 뉴욕 브루클린마저 좋아졌다(가 본 적은 없지만).

　"비록 지금은 서글픈 개인으로 살아가고 있지만, 우연히 내 손을 잡아 준 당신 덕분에 나는 다시 희망할 수 있게 되었다." 《브루클린 풍자극》이 내게 건네준 메시지다. 이 소설을 읽고 기대했던 미래가 초라한 현실이 되어 나타나더라도 너무 많이 실망하진 않아도 되겠다고 안심했다. 나락 어디쯤에 서 있더라도 그 옆에 농담을 주고받을 친구가 있다면 다시 힘을 낼 수 있을 테니까. 첫 문장이 "나는 조용히 죽을 만한 장소를 찾고 있었다"인 소설이 한 줌 희망을 쥐여 주었다는 사실도 내가 이 책에, 이 책을 쓴 폴 오스터에 반한 이유다.

1 2 3 4 5 6

7 8 9 10 11 12

"집에 들어가기에 망설여지는 그런 날이 있습니다.
그런데 약속마저 없는 날이면 어디로 향해야 할지 막막하기만 하죠.
그럴 때 책을 읽어야겠다는 생각이 들었으면 좋겠습니다."

정인성, 소설 마시는 시간

monday

tuesday

wednesday

thursday

friday

saturday

sunday

16.

책과 술

무언가를 좋아하는 사람을 자세히 관찰해 보면 더 재미있게 즐기기 위해 요리조리 노력하는 모습을 볼 수 있다. 한 번 다 본 드라마를 다시 정주행하기 위해 샤워를 깨끗이 마치고, 냉장고에서 막 꺼낸 맥주를 준비하고, 맥주에 어울리는 짭조름한 과자를 꺼낸다. 영화에 빠진 누군가는 리뷰를 찾아보고 관련 비평지를 꼼꼼히 읽는다. 그에게는 오늘 본 영화를 여러 관점에서 자못 심각하게 비판해 보는 게 삶의 낙이다.

그림에 취미를 붙인 그는 그림 동호회에 가입하고 회원들과 자그마한 전시회를 열기로 한다. 새로운 시도가 불러온 긴장감과 설렘이 그림에 열정을 불어넣는다. 야구를 좋아하는 그는 어떨까. 일주일간 가족을 살살 구슬려 응원팀 야구복을 입히고는 함께 야구장에 놀러 가 신나게 응원한다. 미리 준비한 응원도

구를 흔들며, 틈틈이 가족에게 요깃거리도 사 먹이며.

드라마로도 제작된 만화 《고독한 미식가》의 쿠스미 마사유키가 쓴 에세이 《낮의 목욕탕과 술》을 한 문장으로 요약하자면 이렇게 되겠다. 어떻게 하면 술을 더 맛있게 마실 수 있을지를 고민한 끝에 목욕탕에 다닌 남자의 이야기라고. 뜨끈한 목욕탕에서 한두 시간쯤 몸을 풀고 근처 술집에 들러 맥주 한잔 들이켤 때의 기분. 목욕탕에 안 간 지 수년이 되는 사람도 절로 쿠스미 마사유키가 마시게 될 맥주 맛이 어떨지 상상할 수 있을 것 같다. 캬아.

연희동에 있는 '책바'로 들어서며 내가 찾고 있던 것도 바로 목욕탕이었다?! 책을 읽는 즐거움을 조금이라도 '업' 시켜 줄 그 무엇. 분위기여도 좋고, 맛있는 술이어도 좋고, 옆에서 책을 읽는 사람의 골몰한 표정이어도 좋고, 타인에게 피해를 입히지 않기 위해 소곤소곤 대화하는 사람들의 배려여도 좋은 그 무엇.

'혼자 오신 분은 더욱 환영'이라고 쓰인 입간판을 지나쳐 안으로 들어서자 혼자 온 손님 서너 명이 이미 책을 읽으며 술을 마시고 있었다. 나는 테이블에 가방을 내려놓고 메뉴판 구경을 한 뒤 주문을 했다.

"커티삭 하이볼 주세요."

그러자 《소설 마시는 시간》의 저자이기도 하면서 바텐더이기도 하면서 무엇보다 이곳 사장인 그가 말했다.

　　"단맛이 전혀 없는데 괜찮으시겠어요?"

　　나는 고개를 끄덕이며 웃었다. 속으로 당신 책을 읽고 그중에서 하나 고른 거라고 대답하며. 단맛은 없지만 레몬맛이 알맞게 밴 하이볼을 조금씩 들이켜며 폴 하딩의 《에논》을 읽었다. 소곤거리는 사람마저 없어서 바에서 흘러나오는 음악 사이사이에 페이지 넘기는 소리만 들려왔다. 바텐더가 잔에 얼음을 넣고 돌돌 돌리는 가운데 손님 모두는 고개를 숙인 채 조용히 책을 읽는 이곳 분위기는 기대보다 좋았다.

　　무릎보다 엉덩이가 더 낮아진 자세로 온몸을 의자에 묻고 반쯤 남은 하이볼을 마시며 소설을 읽는 기분은, 그렇지, 딱 목욕 끝에 맥주를 마시는 기분이었다. 이미 좋아하고 있는 어떤 것을 더 재미있게 즐길 방법은 생각보다 꽤 많으리라 확신이 들었다. 이곳에 앉아 있으니 그간 왜 책과 술을 조합해 보지 않았는지 스스로에게 의아해질 정도였다.

　　이제는 가야 할 시간. 하이볼 한 잔과 두 시간의 기분 좋음과 몇십 페이지의 독서를 기억에 새기며 바를 나왔다. 서늘한 밤바람이 불었다. 《소설 마시는 시간》의 마지막 문장이 떠올랐다. 집에 들어가 책을 마저 읽다가 잠에 들면 정말 행복한 하루를 보냈다 할 수 있겠지?

하늘은 어둑해진 밤이지만, 바로 집에 들어가기에 망설여지는 그런 날이 있습니다. 그런데 약속마저 없는 날이면 어디로 향해야 할지 막막하기만 하죠. 그럴 때 책을 읽어야겠다는 생각이 들었으면 좋겠습니다.

1   2   3   4   5   6

7   8   9   10   11   12

"삶이란 그처럼 소중한 것이기에
 나는 삶이 아닌 것은 살고 싶지 않았고,
 도저히 불가피하기 전에는 체념을 익힐 생각도 없었다."
 헨리 데이비드 소로, 월든

---

monday

---

tuesday

---

wednesday

17.

읽기 싫으면 그만 읽기

지금껏 가장 많이 읽다 말다를 반복한 책은 움베르토 에코의 《장미의 이름》이다. 책을 읽으려고 펼칠 때마다 본문보다 주석이 더 긴 첫 페이지에 매번 압도당했다. 그럼에도 본문에 집중할라치면 화자가 거론하는 책 이름이 《마비용 수도사의 편집본을 바탕으로 불역한 멜크 수도원 출신의 아드송의 수기》라느니 《베네딕트 수도회의 성무 공과 시간》이라느니, 수도원 경배 시간이 '조과, 찬과, 만과, 종과'로 나뉜다느니, 눈에도 머리에도 쉬이 들어오지 않는 낯선 단어들의 조합에 힘이 쭉 빠졌다.

그럴 때마다 내게 이 책을 추천한 언니는 이 말만 했다. "100페이지만 참아 봐." 그 뒤로는 읽지 않으려야 않을 수 없을 거라면서. 주문을 받들어 다시금 책을 읽으려 시도했지만 몇 번이나 포기했고, 세간에 떠도는 책과 작가에 관한 찬사만 먹먹히 곱씹을 뿐이었다. 그러나 풍문의 힘은 강해서 나는 또 도전했고, 드디어 100페이지를 넘겼다. 언니 말대로 한번 빠져들면 그 뒤로는 읽지 않으려야 않을 수 없는 책이 맞았다(한동안 나의 이상형은 주인공 윌리엄 수도사였다).

"100페이지만 참아 봐." 언니가 이렇게 말한 책이 그 뒤로 한 권 더 있다. 헨리 데이비드 소로의 《월든》이다. 언니는 '자연주의 어쩌고저쩌고' 하며 나를 이끌었는데, 100페이지 문턱을 또 쉽게 넘지 못했다. 그러다 겨우 넘은 어느 날 이후로 소로라는 이름과 《월든》이라는 책은 내가 원할 때면 언제든 찾아와 나의 중심을 잡아 주었다.

물론 중간에 읽다가 아예 그만둔 책도 많다. 뒷부분 내용이 더는 알고 싶지 않으면 큰 고민 없이 책을 덮는 편이다. 떠나보낸 책에 미련은 없다. 사람 사이에도 '딱 그만큼의 인연'이 있듯, 책과 사람 사이에도 '딱 그만큼의 인연'이 있다고 생각하니까. 아닌 사람과 힘겨운 관계를 이어 가기보다 새 인연을 찾아 나서는 게 낫듯 책도 그렇다.

그런데 중도에 포기하기 싫다는 일념으로 책을 끝까지 붙들고 있는 사람들이 꽤 많은 것 같다. 읽던 책을 마저 읽어야 하겠기에 다른 책은 펼쳐 볼 엄두도 내지 못한다. 그래서 계속 읽고는 있는데 읽기가 힘드니 자주 읽게 되지는 않는다. 이렇게 서서히 책과 멀어지고 마는 사람이 얼마나 많을까.

'한번 시도해 볼까!' 하는 마음으로 쉽게 읽히지 않는 책에 도전하는 건 좋다. 하지만 호기 넘치는 시도로 책 읽는 재미까지 잃게 될 것 같으면 이렇게 생각하자. '지금은 틀리고 나중에는 맞다.' 지금의 내 관심과 호기심이 이 책을 받아들이고 싶어 하지 않을 뿐이니, 지금 읽는 그 책은 그만 내려놓아도 좋다. 상황이 변하고 생각이 바뀌면 읽고 싶은 책도 달라지기 마련이니 그때 꺼내 읽도록 하자.

거듭되는 포기 끝에 드디어 완독한 책이 '인생책'이 된다면 그 또한 인연이리라. 내게는 《월든》이 그렇다. 다시 읽을 때마다 전에 보지 못했던 문장과 생각에 새롭게 빠져든다.

1845년 소로는 혈혈단신 가뿐한 몸으로 매사추세츠 주 콩코드에 있는 월든 숲으로 들어간다. 호숫가에 통나무 집을 짓고 2년 2개월을 살면서 삶의 정수를 만끽한다. 단순하고 본질적인 삶에서 배운 통찰로 허상에 사로잡힌 사람들에게 경종을 울리며 바쁘고 치욕스러운 삶에서 벗어나 자기만의 삶을 살라고 당부한다.

내가 숲 속에 들어간 이유는 신중한 삶을 영위하기 위해서, 인생의 본질적인 사실들만을 직면하기 위해서, 그리고 인생에서 꼭 알아야 할 일을 과연 배울 수 있는지 알아보기 위해서, 그리고 죽음의 순간에 이르렀을 때 제대로 살지 못했다는 사실을 깨닫지 않도록 하기 위해서였다. 삶이란 그처럼 소중한 것이기에 나는 삶이 아닌 것은 살고 싶지 않았고, 도저히 불가피하기 전에는 체념을 익힐 생각도 없었다. 나는 깊이 있게 살면서 인생의 모든 정수를 뽑아내고 싶었고, 강인하고 엄격하게 삶으로써 삶이 아닌 것은 모조리 없애 버리고 싶었다.

속 빈 강정 같은 현실에서 한 발짝 물러나 더 높은 이상을 좇은 소로. 이 얼마나 멋진 인물이며, 멋진 책인가 싶어 나는 친구 몇 명에게 이 책을 추천했다. 한 친구는 "좋은 말인지는 알겠는데 내 생활과 너무 동떨어진 이야기여서 잘 안 읽게 돼" 하고 말했다. 나는 그렇다면 나중에 다시 한번 읽어 보라고 했다. 지금은 틀리고 나중에는 맞을지 모르니까.

1 2 3 4 5 6
7 8 9 10 11 12

"우리는 꼭 필요한 책,
 장례식 다음 날에도 읽을 수 있는 책을 원한다."
 로랑스 코세, 오 봉 로망

──
monday

──
tuesday

──
wednesday

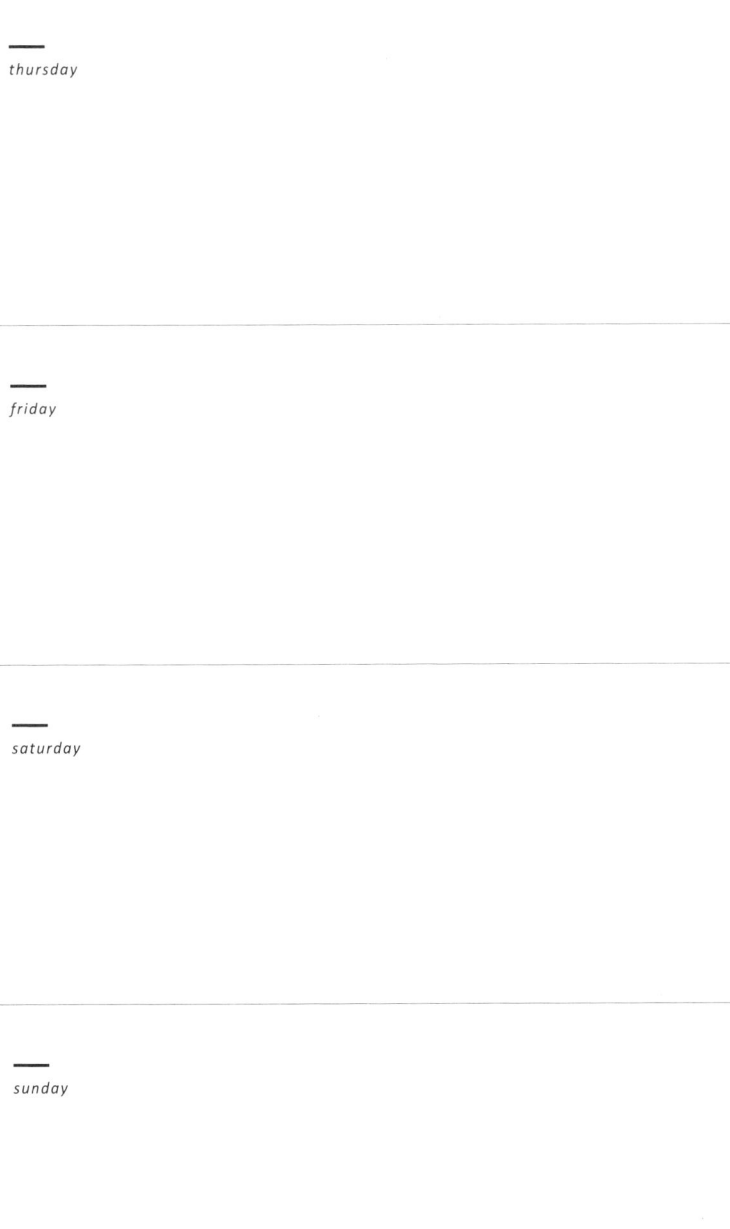

thursday

friday

saturday

sunday

18.

책의 쓸모

시간을 쪼개 쓸 만큼 바빴던 하루가 끝나면 침대에 누워 단 몇 페이지라도 책을 읽는다. 다른 재밋거리들로 향하는 촉수를 거둬들여 일상을 최대한 단조롭게 꾸미려는 이유는 책을 더 많이 읽기 위해서다. 언제나처럼 무심코 책을 펴 들 때면 가끔 이런 질문이 떠오른다. '너는 책에 무얼 바라니? 무얼 바라길래 이렇게 책을 읽어 대?'

나는 책이 재미있어서 읽는데, 정말 재미 때문에만 읽는 걸까. 바라는 게 하나도 없을까. 이런 질문이 뒤이어 따라올 때면 '쓸모없음의 쓸모 있음'이란 장자의 말을 떠올리곤 한다. 어쩐지 쓸모없어 보이지만 실은 독서가 꽤 쓸모 있다고 늘 생각하기 때문이다.

한참 인문학 열풍이 불 때, 사람들은 책을 많이 읽으면 성공할 수 있으리라 열광했다. 절망 가득

한 사회에 책이 희망을 줄 수 있다면 정말 기쁜 일이었을 것이다. 하지만 난 책의 쓸모를 사회적 성공에서 찾을 수 없었다. 내 독법으로는 셰익스피어 희곡들과 자본주의 성공 공식을 연결할 수 없었기 때문이다. 장자의 책을 읽은 사람이, '쓸모없음의 쓸모 있음'을 이해한 사람이 성공만을 바라게 될까. 성공을 바라 인문학 책을 읽기 시작하더라도 결국엔 성공이 아닌 삶에 눈뜰 것 같았다.

'너는 책에 무얼 바라니?'라는 질문에 대한 나의 답은 이렇게 이어진다. 책을 읽으며 단단해지길 바란다. 덜 흔들리고, 더 의젓한 사람이 되길 바란다. 오만하지도, 순진하지도 않게 되길 바란다. 감정에 솔직해지길, 하지만 감정에 휘둘리지 않길 바란다. 거창하게는 지혜를 얻길 바라고 일상생활에서는 현명해지길 바란다. 세상을 이해하고 인간을 알게 되길 바란다.

대답들을 나열하고 나니 조금 민망하다. 차라리 성공을 기대하는 게 더 쉽겠다. 지금의 내 모습과 내가 바라는 모습 사이의 간극이 아찔할 만큼 크다는 걸 생각하면 더욱. 한편으론 이런 바람이 내가 책을 읽는 가장 강력한 동력임을 알고 있다. 결핍이 사람을 이끌듯, 수많은 부족함이 나를 책 속으로 이끈다.

얼마 전에 이자벨 위페르가 주연한 영화 〈다가오는 것들〉을 봤다. 놀랍게도 이 영화에는 나를 민망하게 했던 여러 대답들이 배우의 뛰어난 연기를 통해 한 사람의 삶으로 형상화돼 있었다. 중년 여성이 남편의 배신, 어머니의 죽음, 경력의 변화를 담담하게 겪어 내는 내용인데, 나는 영화 속 나탈리의 모든 반응이 마음에 들었다. 자신의 삶에 서서히, 또는 느닷없이 '다가오는 것들'에 그녀는 현명하게 대응한다. 우리는 우리 삶에 다가오는 것들을 통제할 순 없지만, 그것들에 대처하는 방법은 통제할 수 있다고 영화는 말하고 있었다. 내 삶이 무너지려 할 때, 내 손을 붙들어 줄 사람들이 도리어 내 삶을 내팽개칠 때, 책이 우리를 견디게 하고 지켜 줄 수 있다고도 말하고 있었다. 주인공 나탈리의 손에 들려 있는 책은 나탈리의 지적 수준을 가늠하는 지표라기보다 그녀의 유연함과 성숙함을 보여 주는 은유였다.

몽테뉴는 《수상록》에서 이렇게 말한다.

피할 수 없는 고통이라면, 우리는 그 고통을 감내하는 법을 배워야 한다.

삶의 깊숙한 곳을 건드리는 이런 문장을 만나면 우리는 밑줄을 그으며 그 문장을 받아들인다. 한편으론 강하게 의심한다. 우리는 과연 이 문장을 내면화할 수 있을까. 우리 삶에 적용할 수 있을까.

〈다가오는 것들〉에서 나탈리를 보며 나는 '그럴 수 있다'고 생각했다. 밑줄 그은 문장이 우리 내면으로 스며들 수 있다고. 스며든 문장이 우리 삶을 지탱해 줄 날이 언젠가 올 거라고. 나탈리가 "괜찮아. 잘 받아들이고 있어" 하고 말할 때 이 말이 진실이었듯, 우리가 미래의 언젠가 친구에게 "괜찮아" 하고 말할 때 그 말 또한 진실일 거라고. 우리는 책을 통해 삶을 어떻게 받아들여야 할지 미리 알고 있었으니까. 쓸모없어 보이는 책이 우리를 꽤 단단하게 만들어 주었으니까.

1   2   3   4   5   6
7   8   9   10   11   12

"중요한 인물들은 독서보다 훨씬 중요한 일이 많다고 말한다.
맞는 얘기다. 그래도 우리는 휘파람을 불며
명예나 돈과는 상관없이 계속 책을 읽을 것이다."
샤를 단치, 왜 책을 읽는가

monday

tuesday

wednesday

thursday

friday

saturday

sunday

19.

도서관의 책들

책을 빌려 읽기 시작한 지 몇 년 되지 않았다. 빌려 읽지 않은 데 이유가 있던 건 아니다. 처음부터 사서 읽다 보니 그냥 계속 사서 읽게 되었달까. 이 세상 어딘가에 도서관이 있으리라고 생각했지만 그 도서관이 내 집에서 7분 거리에 있는지는 몰랐달까. 그러다가 어느 날 방금 지나온 곳이 도서관임을 깨달았고 그날 이후로 도서관 애용자가 되었다.

내가 주로 이용하는 도서관은 아담해서 아늑한 분위기를 풍긴다. 도서관 중앙에는 커다란 테이블 두 개가 맞붙어 있는데 보통은 비어 있고 가끔은 주민 한두 분이 조용히 책을 읽고 계신다. 방학 때는 풍경이 달라진다. 학교 대신 도서관을 찾은 아이들이 도서관에 딸려 있는 어린이방에서 뛰어 놀기도 하고 테이블에 앉아 동화책을 읽거나 스마트폰을 하기도 한다.

최근 2, 3년 사이엔 여름 풍경도 달라졌다. 선풍기 바람으로도 떼어 낼 수 없는 뜨거운 열기를 피해 도서관을 찾는 사람들이 많아졌다. 나는 집에서 뒹굴거리며 책 읽는 걸 좋아해서 도서관으로 책을 읽으러 가진 않는데, 책을 빌리러 갈 때마다 테이블에 사람들이 빼곡히 앉아 읽는 모습을 볼 수 있었다.

　　도서관을 둘러볼 때면 마음이 흡족해진다. 내가 원하기만 하면 눈에 보이는 모든 책을 다 읽을 수 있을 것 아닌가! 평소에 읽고 싶던 책, 처음 보는 책, 손때 묻은 책, 마치 새것처럼 깨끗한 책들이 사방에서 연신 손짓하는 느낌이다. 어서 나를 꺼내 마음껏 읽어 보라고. 나는 별 고민 없이 눈앞에 있는 책들을 꺼내 어떤 책을 읽어 줄까, 선심 쓰듯 이 책 저 책 평가한다. 도서관에선 여유로운 마음으로 책을 평가할 수 있어서 좋다. 빌렸다가 별로면 반납하면 그만이니까.

　　장 폴 사르트르의 소설 《구토》에 나오는 독서광은 도서관에서 책을 한번 빌리면 다 읽기 전엔 절대 반납하지 않을 사람이다. 주인공 앙투안은 책에 푹 파묻혀 사는 그를 (당연히) 도서관에서 만났다. 어느 날 앙투안은 독서광이 책을 어떻게 읽고 있는지 깨닫는다. 독서광은 도서관에 있는 책을 모조리 다 읽을 요량으로 알파벳 순으로 읽고 있었다. 무려 7년 동안이나.

7년 전 어느 날 그는 의기양양하게 이 방에 들어왔던 것이다. 벽마다 가득 차 있는 수많은 책들에 시선이 미치자, 그는 마치 라스티냐크처럼 "인류의 지식이여, 자, 이젠 그대와 나와의 대결이다"라고 말했을 것이다. 그리고 그는 맨 오른편 끝의 첫 서가에 꽂힌 첫 번째 책을 가서 뽑아 왔다. 그는 첫 페이지를 존경과 두려움의 감정이 섞인 불변의 결심과 더불어 폈다. 그는 지금 L까지 와 있다. J 다음이 K요, K 다음이 L이다.

이런 계획은 이런 계획을 세우고 있다는 사실만으로도 듣는 사람을 놀라게 한다. 어떤 사람이 도서관에 가득한 책을 가리키며 "전 여기 있는 책 10년 안에 다 읽을 거예요" 하고 말한다면 나는 "우와, 대단하네요"라고밖에 달리 말을 못 할 것 같다. 이토록 치열한 타입에는 왠지 거리감이 느껴진다. 나는 이런 말이 더 좋다. 프랑스에 자신만의 도서관을 짓고 그 속에서 행복을 누리고 있는 알베르토 망구엘이 《밤의 도서관》에서 한 말이다. "규모가 어떻든 간에 도서관에 있는 책을 모두 읽어야 할 필요는 없다. 기억과 망각이 적절하게 균형을 이룰 때, 독서가는 이익을 얻는다."

치열함이라곤 없는 나는 도서관에 올 때면 그저 그날그날 기분에 따라 책을 고른다. 도서관에 도착하기 전까지는 단지 '읽고 싶다'는 느낌만 있을 뿐이어서 내가 '어떤 책'을 읽게 될지 모른다. 그래서 도서관에 도착하면 미지의 세계를 구경하듯 우선 이 책, 저 책 눈에 띄는 대로 둘러본다. 그러다 '이 책이다' 싶은 책을 발견하면 그 책을 집으로 가지고 와 (나는 망구엘처럼 나만의 도서관이 없으니) 내 방에서 읽는다.

평소에 읽지 않던 주제의 책을 빌리기도 하고 (별로면 반납하면 그만이니까) 기다리던 작가의 신간을 빌리기도 하고(읽다가 소장해야겠다 싶으면 산다) 가끔은 예전에 읽다가 만 책을 문득 끝까지 읽고 싶어 다시 빌리기도 한다(지금은 틀리고 나중에는 맞으니까). 마음대로 밑줄을 긋지 못한다는 점(빌린 책엔 나만 볼 수 있게 점 표시를 한다)을 제외하면 사서 읽는 거나 빌려 읽는 거나 큰 차이는 없다. 그래서 일주일에 한두 번, 나는 도서관에 간다.

1 2 3 4 5 6

7 8 9 10 11 12

"인간은 노력하는 한 방황하는 법이니까."
괴테, 파우스트

___
monday

___
tuesday

___
wednesday

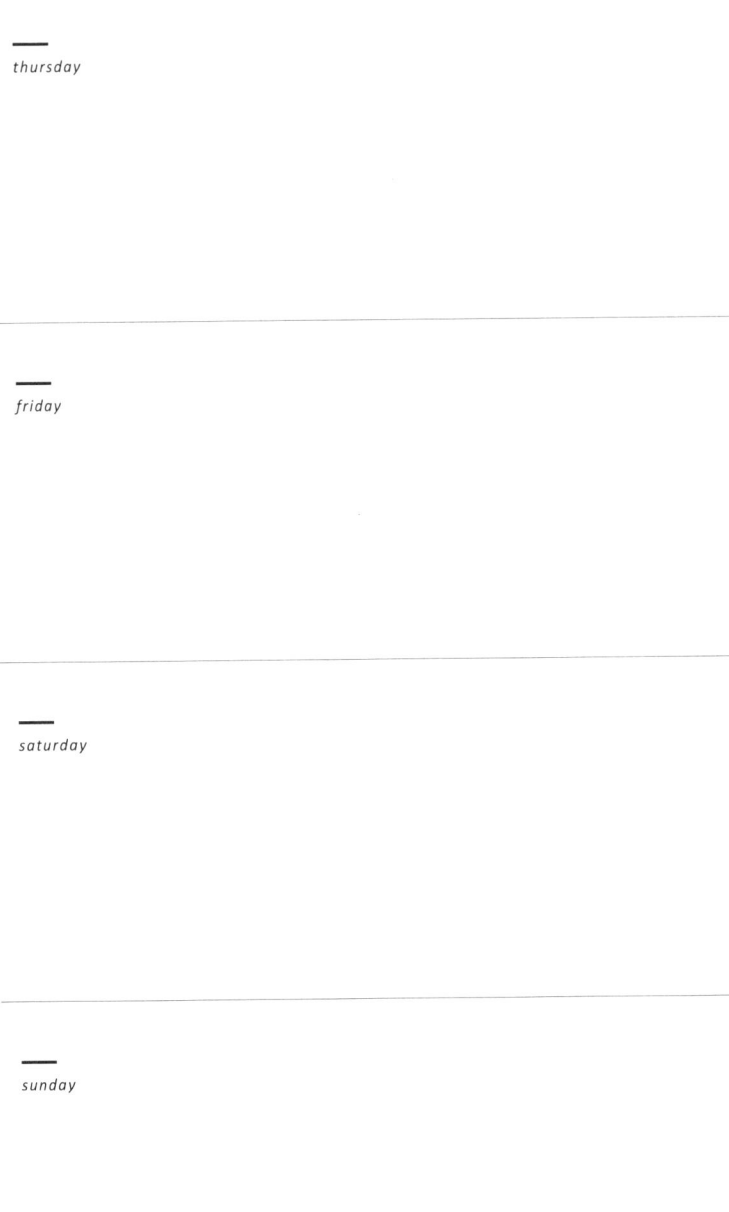

thursday

friday

saturday

sunday

20.

문장 수집의 기쁨

책을 다 읽으면 문장을 발췌한다. 카메라로 캡처해 놓을 때도 있고, 하나하나 에버노트에 옮겨 적을 때도 있다. 옮겨 적을 때는 꼬박 한두 시간이 걸리는데, 끝낼 때마다 혼자 엄청 성취감에 젖는다. 발췌에 공을 들이다 보면 문득 내가 문장을 모으기 위해 책을 읽는 건가 싶을 때도 있다. 할 수만 있다면 좋은 문장을 하나도 놓치고 싶지 않다.

소설가 김영하는 독자가 단 한 문장에도 밑줄을 긋지 않는 소설을 쓰고 싶다고 했는데, 난 그런 소설을 읽으면 무지 섭섭할 것 같다. 책이 일으킨 정서나 느낌에 감응하는 것으로 충분하긴 하지만 그럼에도 책을 읽을 때마다 내 생각이나 감정, 혼란, 불안에 해석의 실마리를 제공하는 문장을 만나길 기대한다. 그리고 그 문장에 밑줄을 긋고 싶다.

평생 내 삶을 추적해 왔다는 듯이 압도적인 문장을 만났을 때 할 수 있는 일이란 그저 삶을 되돌아보는 것뿐이다. 문장을 읽고 또 읽으며 과연 나에게 삶을 바꿀 힘이 남아 있는지 가늠하고, 때로는 불가능함을 터득하면서 또 한번 인생을 배운다. 통찰 가득한 문장을 발견할 때면 안도의 한숨을 내쉰다. 이 문장을 몰랐다면 삶이 조금은 뻔해졌을 것 같아서, 자칫하면 다른 사람의 삶을 살게 됐을 것 같아서.

적극적인 문장 수집가인 내게 그래서 책은 마치 '문장들의 운동장' 같다. 문장들이 마구 뛰어놀며 나 잡아 봐라, 하는 느낌이랄까. 나는 상황이나 기분에 따라 매번 다른 문장들을 쫓아 달려간다. 문장을 품에 안은 순간, 다리는 후들거리지만 머리는 어찌나 상쾌한지, 퍼즐의 마지막 조각이 이제야 맞춰진 것 같다.

의무만 남은 약속에 지쳐 갈 때 그 상황에서 벗어날 수 있게 해 준 건 고대 철학자 세네카의 《인생이 왜 짧은가》에서 찾은 말이었다.

아무도 자기 돈은 나눠 주려 하지 않으면서, 얼마나 많은 사람들에게 자기 인생을 나눠 주고 있는가요? 사람들은 재산을 지킬 때에는 인색하면서도 시간을 낭비하는 일에는 너그럽지요. 시간에 관한 한 탐욕이 정당한데도 말이지요.

나이가 들어가면서 안정은커녕 더 방황만 하는 내 삶에 한 줄기 빛을 드리워 준 책은 《파우스트》였다.

인간은 노력하는 한 방황하는 법이니까.

인간 혐오에 시달리다가도 《전태일 평전》에서 아래와 같은 문장을 만나면 다시금 인간을 긍정할 수 있었다.

어떠한 인간적 문제이든 외면할 수 없는 것이 인간이 가져야 할 인간적인 과제이다.

날것의 생각이 아니라 고유한 생각을 말하는 데서 개인을 찾고 싶을 때는 아인슈타인의 《상대성이론/ 나의 인생관》을 읽었다.

허식에 휩싸인 인생에서 참으로 값진 것은 국가가 아니라 독창적이고 감각이 섬세한 개인, 즉 개성이다. 대중이 생각도 느낌도 다 같이 무딘 채로 남아 있을 때, 그런 개성만이 고결하고 기품 있는 것들을 창조한다.

친구와 다투며 과거를 헤집고 들어갔을 때 날 각성해준 문장은 《철학자와 늑대》에 있었다.

우리는 어떤 기억을 떠올릴 때 가장 분명한 것을 찾으려다 가장 중요한 것을 놓치곤 한다.

때론 나 스스로도 어떻게 할 수 없을 정도로 부정적인 감정에 빠지곤 한다. 앞으로 다시는 더 나은 상태로 나아가지 못할 것 같아 우울해지고 마는 상황. 이럴 땐 신영복의 《감옥으로부터의 사색》에서 찾은 '지극히 사소한 기쁨'의 힘을 기억하려 한다.

그 자리에 땅을 파고 묻혀 죽고 싶을 정도의 침통한 슬픔에 함몰되어 있더라도, 참으로 신비로운 것은 그처럼 침통한 슬픔이 지극히 사소한 기쁨에 의하여 위로된다는 사실이다.

어떻게 살아야 하는가, 라는 질문에 어떻게 대답해야

할지 막막해질 때면 《창조적 글쓰기》에서 뽑은 아래 문
장을 떠올린다. 하루하루가 모여 삶을 이룬다는 걸 새
삼 깨달으면 다시 하루 단위의 목표에 열중할 수 있다.

하루를 어떻게 보내는가라는 문제는 우리의 삶을
어떻게 보내는가라는 문제를 의미한다.

《논어》는 그 자체로 문장들의 운동장이었다.

아는 것을 안다고 하고 모르는 것을 모른다고 하
는 것, 이것이 아는 것이다.

부가 만약 추구해서 얻을 수 있는 것이라면, 비
록 채찍을 드는 천한 일이라도 나는 하겠다. 그러
나 추구해서 얻을 수 없는 것이라면 내가 좋아하
는 일을 하겠다.

절제 있는 생활을 하면서 잘못되는 경우는 드물다.

비유하자면 산을 쌓다가 한 삼태기의 흙이 모자라
는 상황에서 그만두었다 하더라도 그것은 내가 그

만둔 것이다. 또한 비유하자면 땅을 평평하게 하기 위해 한 삼태기의 흙을 갖다 부었어도 일이 진전되었다면 그것은 내가 진보한 것이다.

책을 읽으면서도 좋고, 다 읽고 나서도 좋다. 마음에 쏙 드는 문장이 있다면 따로 메모장에 적어 보면 좋겠다. 어떤 이유로든 마음이 착잡할 때 메모장을 꺼내 읽어 보는 거다. 유독 한 문장이 당신의 삶에 말을 걸어 올지 모른다. 당신은 그 문장을 읽으며 아마 알게 될 것이다. 길을 잃었을 때 문장에서 힌트를 얻는 방법도 있다는 것을. 한 권의 책이 하지 못하는 일을 하나의 문장이 할 수도 있음을.

1   2   3   4   5   6

7   8   9   10   11   12

"독서는 타인의 사고를 반복함에 그칠 것이 아니라
 생각거리를 얻는다는 데에 보다 참된 의의가 있다."
 신영복, 감옥으로부터의 사색

___

monday

___

tuesday

___

wednesday

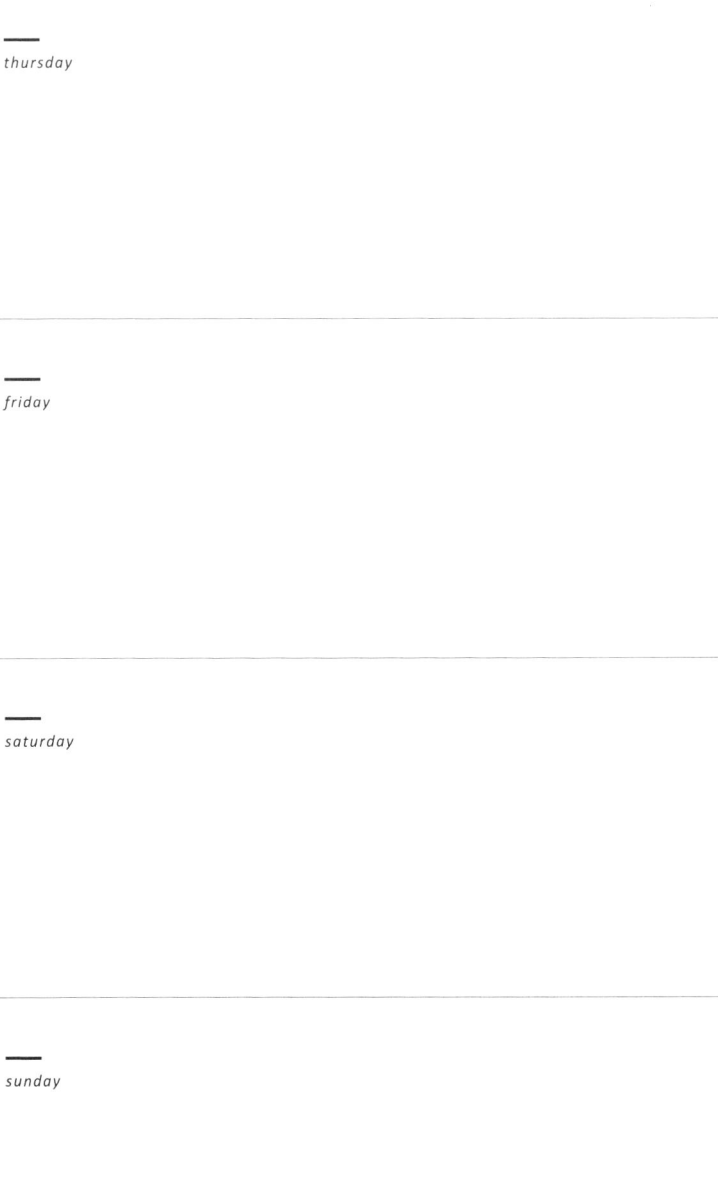

thursday

friday

saturday

sunday

21.

독서모임

EBS 〈지식채널e〉 프로그램의 '시험의 목적' 편은 프랑스 고등학생들이 대학 입학을 위해 치르는 철학 시험 '바칼로레아'를 다룬다. 시험에는 "타인을 심판할 수 있는가?", "과거에서 벗어날 수 있는가?", "모든 사람을 존중해야 하는가?" 등 짧은 문장으로 세 개의 질문이 주어진다. 학생들은 이 중 하나를 택해 네 시간 동안 주관식으로 답안을 써 내려간다. 이 시험을 만든 목적은 "스스로 생각하고 행동하는 건강한 시민을 길러 내는 것"이라고 한다.

영상에서 특히 인상적이었던 부분은 학교 밖 프랑스 사람들이었다. 바칼로레아를 향한 그들의 관심은 가히 폭발적이어서 올해 나온 시험문제에 앞다퉈 저마다의 답안을 내놓는다. 정치인은 TV에 나와 자기 답안을 발표하고 학자와 시민들은 강당에 모여 열띤 토론을 벌인다. "거리에서, 공원에서, 집 안에서, 프랑스 곳곳에서" 사람들은 철학을 논한다.

어린 시절부터 긴 시간을 들여 깊게 사고하는 방식을 배우고, 어른이 되어서도 철학적 사고로 생활을 꾸려 나가는 프랑스인의 삶. 우리와는 분명 다르다. 교과서에 나온 누군가의 생각을 달달 외워 본 게 전부인 우리에게 '생각하고 토론하는 삶'이란 말 그대로 먼 나라 이야기만 같다. 그런데 요즘 여기저기에서 활발하게 이루어지는 독서모임을 보면, 꼭 그렇지도 않으리라 기대하게 된다.

같은 책을 읽은 사람들이 모여 함께 토론하고 생각을 나누는 모임. 나는 이런 독서모임이 우리가 자처해서 치르는 바칼로레아 같다. 교육시스템은 우리 생각을 제한된 테두리 안에 가둬 놓았지만, 우리 스스로 박차고 나와 서로에게 이렇게 말하고 있는 것이다. 괜찮으니까 너의 생각을 자신 있게 말해 봐. 틀려도 좋으니까 우리 함께 생각하는 힘을 길러 보자.

나도 독서모임에 여러 차례 참여해 봤다. 3년간, 1년간 긴 호흡으로 활동한 적도 있고, 짧게 몇 번 참석한 게 고작인 모임도 있다. 처음 모임에 나갔을 때는 어찌나 어색하던지. 사람들과 둘러앉아 진지하게 대화해 본 경험이 거의 없던 터라 모든 것이 생소했다. 생각을 말해야 한다는 압박에 가슴은 얼마나 콩닥콩닥 뛰던지. 속으로만 해 오던 생각을 겉으로 표현하자 말이 뒤죽박죽 엉킨 적도 많았다. 내가 말을 못하는 사람이라는 걸 독서모임에서 처음 알았다.

그런데도 말이 하고 싶어서 속으로 '언제 말하지, 지금 말해도 되나' 안달하기도 했다. 나뿐만이 아니었다. 모임에 참여한 사람들은 다소 두서없더라도 열정적으로 자신의 생각을 표현했다. 일상생활에선 꾹꾹 눌러 담아야 했던 '진짜 내 생각'을 '진지하게' 표현할 수 있다는 사실에 다들 기뻐했다. 가득 채워진 채 오래도록 해소되지 못했던 자기표현 욕구가 독서모임이라는 멍석 위에서 시원하게 분출되는 것 같았다.

생각의 부딪침. 독서모임의 가장 큰 묘미다. 물론 생각과 생각이 부싯돌처럼 타닥타닥 부딪치는 경험이 처음에는 부담스러울지 모른다. 골똘하게 생각한 뒤 내놓은 결론이 상대의 말 한마디에 허술한 의견으로 판명 나 버리면 꽤 속상하기도 하다. 하지만 곧 부딪치는 과정 자체가 중요함을 알게 된다. 그간 얼마나 근거 없는 생각들을 신념처럼 떠받들어 왔는지 깨닫는 순간 생각하는 즐거움에 더욱 깊이 빠져든다.

우리는 한나 아렌트의 《예루살렘의 아이히만》도 같이 읽었다. 유대인 수백만 명을 죽인 나치 전범 아이히만에게서 잔인한 살인마의 모습을 찾길 바라는 사람들에게 한나 아렌트는 단호히 말한다. 아이히만은 '우리처럼' 평범한 사람일 뿐이라고. 그저 '우리처럼' "개인의 발전을 도모하는 데 각별히 근면"했던 사람일 뿐이라고.

　　　그의 말을 오랫동안 들으면 들을수록, 그의 말하는 데 무능력함은 그의 생각하는 데 무능력함, 즉 타인의 입장에서 생각하는 데 무능력함과 매우 깊이 연관되어 있음이 점점 더 분명해진다. 그와는 어떠한 소통도 가능하지 않았다.

책이 던진 이 질문, "스스로 사고하지 못하는 것은 죄인가?"에 관한 각자의 답안을 안고 우리는 토론했다. 우리 한 명, 한 명은 아이히만과 얼마나 다른 사람인지, 얼마나 같은 사람인지 이야기했다. 우리는 서로에게 아이히만과 더 많이 달라지기 위해 어떻게 살아가야 하는지 물었다. 묻고 답하는 과정에서 용기를 얻기를, 사유의 끝에서 행동할 수 있기를 바랐다.

1 2 3 4 5 6

7 8 9 10 11 12

"교양을 쌓았다는 것은 이런저런 책을 읽었다는 것이 아니라
그것들 전체 속에서 길을 잃지 않을 줄 안다는 것이다."
피에르 바야르, 읽지 않은 책에 대해 말하는 법

---

monday

---

tuesday

---

wednesday

22.

답을 찾기 위한 책 읽기

아리스토텔레스가 행복이 인간 행위의 목적이라고 말했다는 사실을 알고 깜짝 놀랐다. 그때껏 행복을 추구해 본 적이 없다는 생각 때문이었다. 다들 추구하고 있다는 행복을 나만 추구하지 않았다는 사실이 적잖이 충격이었다. 노동은 않고 사색만 했던 아리스토텔레스가 뭘 잘 모르고 한 소리라고 믿고 싶을 만큼.

그때의 놀람이 나를 행복론 책으로 이끌었다. 먼저 '행복이란 무엇인가'를 알고 싶었다. 그런데 책을 읽을수록 당황스럽게도 행복이 무언지 점점 감을 잃어 갔다. 심지어 아리스토텔레스마저 《니코마코스 윤리학》에서 이렇게 말하는 것 아닌가.

행복이 정작 무엇인지에 관해서는 의견이 엇갈리며, 대중과 철학자들은 서로 다른 대답을 제시한다. (중략) 때로는 같은 사람이 다른 대답을 제시하기도 하는데, 예컨대 병들면 건강을 행복이라 여기고, 가난하면 부를 행복이라 여기는 식이다.

보통의 사람들은 일상에서 행복한 '기분'을 맛보면 이를 행복이라 생각한다. 하지만 아리스토텔레스에게 행복감과 행복은 달랐다. 그는 행복을 자아실현과 연결했다. 피아니스트가 될 씨앗을 갖고 태어난 사람은 끈질긴 노력과 인내로 끝내 피아니스트가 되어야 비로소 행복하다는 것이다. 그에 비해 고대 철학자 에피쿠로스는 쾌락이 우리를 행복하게 한다고 말했다. 여기서 에피쿠로스가 말하는 쾌락은 소박하다. 세 가지 조건만 충족하면 된다. 친구와의 우정, 물질과 타인의 요구에서 벗어난 자유, 그리고 사색이다.

책을 읽을 때마다 행복에 관한 정의는 늘어 갔다. 어떤 책에서는 행복을 '즐거움과 의미의 총체적 경험'이라고 정의했고, 또 어떤 책에서는 인간은 일에 몰입하면서 행복을 느낀다고 했으며, 행복의 비결로 '폭넓은 관심'을 들거나 '성숙한 방어기제, 알맞은 체중, 안정적인 결혼생활, 운동'을 든 책도 있었다. 재미있게 읽은 어느 책은 행복은 고통이 없는 상태이므로 행복해지려 애꿎은 노력을 기울이는 대신 우울증 약을 처방받으라고 말하기도 했다. 달라이 라마는 행복이란 '평온한 마음 상태'라며 명상을 권했고, 부처님 또한 감각을 제어하기 위해 마음 수련에 애쓸 것을 당부했다.

하버드대 심리학과 교수 대니얼 길버트는 《행복에 걸려 비틀거리다》에서 행복에는 세 가지 면이 있다고 정리했다. 감정적인 행복, 도덕적인 행복, 평가적인 행복이다. 감정적인 행복이란 "느낌, 경험, 주관적인 상태를 표현하는 말이다. 따라서 그에 해당하는 물리적 실체는 없다." 도덕적인 행복이란 우리가 도덕적으로 옳은 행동을 해서 얻는 충만감을 말하며, 평가적인 행복이란 기분이 좋고 나쁘고는 상관없이 "전체적으로 내 삶을 돌아봤을 때, 이 정도면 행복하다고 생각한다"고 할 때의 행복이다. 우리가 살면서 느끼는 행복이란 아마 이 세 가지 가운데 하나이거나 이 셋이 적절히 버무려진 상태일 것이다.

행복론 책을 읽으며 뭐가 뭔지 마음이 더 복잡해지기는 했지만, 조금 알 것도 같았다. 세상에서 제일 똑똑하다는 사람들이 다양한 분야에서 다양한 방법으로 행복을 정의하는 이유는 그만큼 우리 삶에 행복이 중요하다는 의미겠고, 또 이를 쉽게 정의 내리지 못하는 이유는 행복이 다분히 주관적이어서다. 또 한 가지. 어떻게 하면 내가 행복해질지 정확히 아는 사람은 극소수일 뿐이다. 어쩌면 행복 또한 자유처럼 개인이 쟁취해야 할 무엇인지도 모르겠다. 행복할 권리, 자유로울 권리는 주어졌으니 자신에게 맞는 행복을 각자 찾아 나서야 하지 않을까.

행복이 인간 행위의 목적이라는 말을 들었을 때는 내가 행복을 추구해 본 적 없는 줄 알았다. 행복에 겨웠던 기억이 있던가 싶었다. 곰곰 생각해 보니 행복을 추구하지 않은 게 아니었다. 행복하지 않아서 회사를 그만두었듯 나의 수많은 선택의 바탕엔 행복과 불행이 있었다. 그럼에도 더 많이 행복하지 못했던 건 어떻게 해야 내가 행복한지 몰랐기 때문이다.

행복론 책을 읽으며 나만의 행복 조건을 추릴 수 있었다. 먼저 나는 저녁 어스름 속에서 산책할 때면 행복하다. 가장 큰 의미는 평가적인 행복에 두고 있다. 내가 최근 몇 년간의 생활이 만족스럽다고 말한다면 그건 지금 행복하다는 뜻이다. 또한 좋은 사람들과의 관계, 편안하고도 의미 있는 대화, 혼자 있고 싶을 때 혼자 있을 시간, 일에서의 성취가 내 행복을 좌우한다. 여기까지가 내가 책에서 구한 행복이다.

1 2 3 4 5 6
7 8 9 10 11 12

"나는 책이 없는 세상을 상상할 수는 있다.
 그러나 읽기가 없는 세상을 상상할 수는 없다."
 앤드루 파이퍼, 그곳에 책이 있었다

---

monday

---

tuesday

---

wednesday

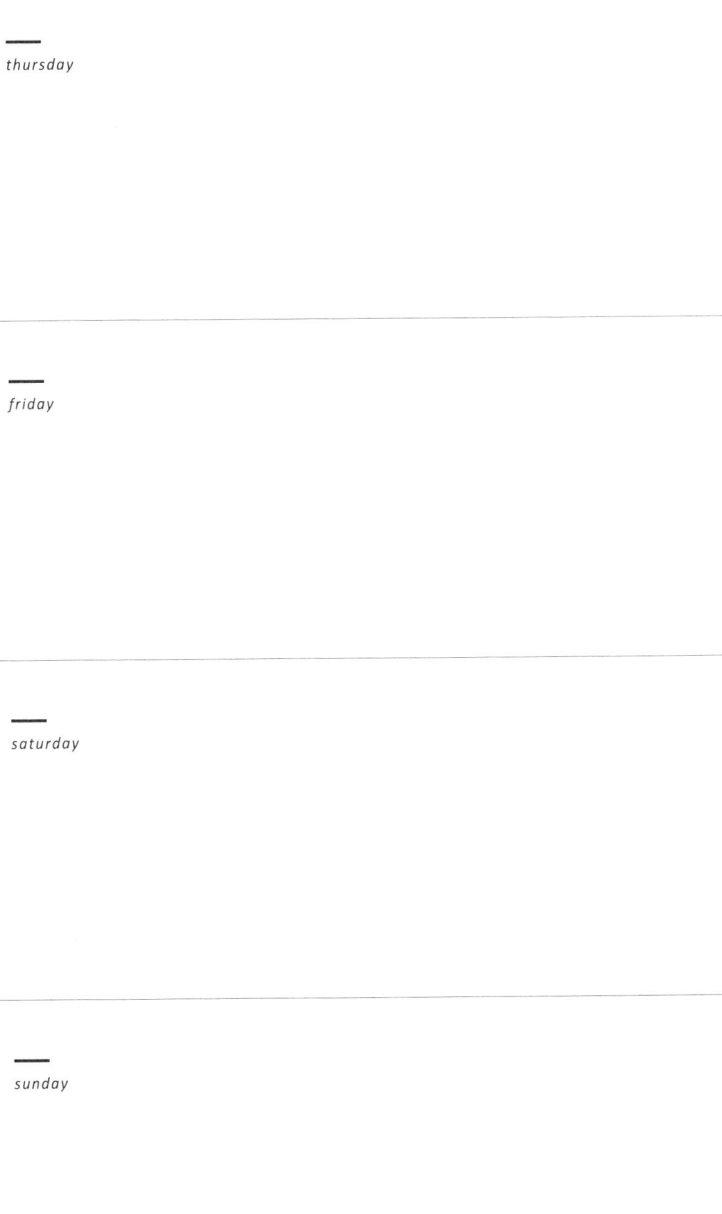

thursday

friday

saturday

sunday

23.

전자책 읽기

책을 읽는 사람은 많이 없지만, 글을 읽는 사람은 많다. 스마트폰이 등장하고 사람들은 더 많이 읽는 듯하다. 혼자 있을 때나, 친구와 함께 있을 때, 지하철에서나, 심지어 길을 건널 때도 사람들은 글을 읽는다. 귀에 이어폰을 꽂고 동영상을 보지 않는 이상, 스마트폰을 보고 있는 사람은 지금 '글을 읽는 중'이다.

　나 역시 인터넷상에서 엄청나게 많은 글을 읽는다. 뭔가가 읽고 싶을 때면 인터넷에 들어가 눈에 띄는 기사 몇 개를 뚝딱 해치운다. 매일 꼬박꼬박 인터넷 글을 읽으면서도, 나는 인터넷으로 글을 읽는 행위를 의심한다. 여러 연구 결과가 내 머리에 새겨 넣은 정보 때문이다. 연구 결과들은 말한다. '당신은 책으로 글을 읽을 때보다 인터넷에서 글을 읽을 때 더 자주 정보를 건너뛰고, 더 적은 주의력을 기울이며, 더 적은

양을 이해한다.'

유명한 실험 결과가 있다. 웹 사용성 전문가 제이콥 닐슨은 인터넷 사용자 232명의 시선을 추적했다. 그는 인터넷에서 글을 읽을 때 사람들 눈동자가 어떻게 움직이는지 파악했다. 책을 읽을 때와 달랐다고 한다. 책은 좌에서 우로 한 줄 한 줄 읽는 데 비해 웹상에서는 F자 형태로 글을 읽었다. 첫 세 줄은 꼼꼼히 읽지만 그다음부터는 죽 훑으며 마지막 줄까지 거침없이 내려갔다. 그러고 사람들은 '다 읽었다'고 생각했다.

이 실험은 우리도 지금 당장 할 수 있다. 인터넷 창을 열어 아무 글이나 읽어 보라. 첫 문장부터 마지막 문장까지 책을 읽듯 꼼꼼히 읽게 되는가. 몇 줄 읽다가 그다음 몇 줄은 뛰어넘고 또다시 한두 줄 읽다가 마지막 줄에 가서 '다 읽었다'고 인터넷 창을 닫지 않는가. 우리는 인터넷에서 글을 읽을 때 진득하게 글의 전체 맥락을 파악하기보다 이미 알고 있던 정보 위주로 겉만 훑고 금세 빠져나온다. 알파벳 F자 모양에서 알 수 있듯, 웹 독해에는 구멍이 숭숭 뚫려 있어 심심치 않게 이런 댓글을 볼 수 있다. '글은 읽고 댓글 답시다.' 마치 활자중독자처럼 매일 글을 읽는 사람이 이렇게나 많은데도 실질 문해력은 낮다는 사실이 바로 인터넷 글 읽기의 한계다.

상황이 이렇기에 독일 작가 우베 요쿰은 《모든 책의 역사》에서 에누리 없는 자세를 취한다. 인터넷에서 글(전자책 포함)을 읽는 사람은 '독자'가 아닌 '유저'이며, '독해'가 아니라 '서핑'을 하는 중이라고 구분 짓는다. 캐나다 칼럼니스트 데이비드 색스도 《아날로그의 반격》에서 디지털 글 읽기와 아날로그 글 읽기는 '차원이 다른 경험'이라고 말한다. 그는 독자들에게 이렇게 부탁하기도 한다. "독자들 중에는 전자기기를 이용해서 이 책을 읽는 사람도 있겠지만 책은 아날로그적인 환경에서 가장 잘 읽힌다. 따라서 잠시 휴대전화를 꺼 두길 부탁드린다."

이런 이야기들을 머릿속에 가득 담고 있으면서도 나는 매일 인터넷으로 글을 읽는다. 다만, 쓱 읽을 글이 따로 읽고, 진득하게 읽을 글이 따로 있다는 걸 염두에 둔다. F자나 E자 형태(F자로 읽어내려 오다 마지막 몇 줄을 읽는 방법)로 글을 다 읽고 나서 '제대로 읽어야겠다'는 생각이 들면 첫 줄로 올라가 마음을 먹고 다시 처음부터 읽는다. 인터넷에서 글을 소비하는 '유저'이면서 글을 정독하는 '독자'이기도 한 셈이다. 유저가 될지, 독자가 될지는 글에 따라 판단한다.

올해 들어 처음으로 전자책도 구입했다. 한 칼럼니스트는 종이책으로는 철학서나 사회과학서를 읽고, 전자책으로는 소설, 에세이를 읽는다고 했는데, 나는 전자책으로 읽기에 말콤 글래드웰 류의 책들이 괜찮을 듯했다. 가벼운 마음으로 읽다 보면 어느새 기발한 아이디어와 재치 넘치는 통찰을 만나게 되는 책. 먼저 《오리지널스》와 《에고라는 적》을 스마트폰 책장에 담았다. 틈틈이 읽는 중이다.

종이책을 그대로 전자책으로 옮겼을 뿐인데 왜 종이책이 전자책보다 잘 읽힐까. 종이책에는 제약이 있어서다. 당연하게도 종이책을 터치한다고 메모창이 뜨거나 북마크 표시가 되거나 단어 검색창이 열리지 않는다. 이러한 제약이 종이책을 읽을 때 주의를 끌어모아 글만 읽게 한다. 그러니 전자책을 읽을 때 '잘 읽고' 싶다면 스스로 제약을 만들면 된다. 나는 북마크와 형광펜 기능은 이용하지만 하이퍼텍스트는 이용하지 않는다. 책을 읽을 때만큼은 웹 서핑을 하고 싶지 않기 때문이다. 글 속에 깊이 침투해 행간의 의미까지 파악해야만 그것이 '진짜' 독서다.

"책 읽기 좋을 때는 아무 때나다."
 홀브룩 잭슨, 천천히, 스미는

__

monday

__

tuesday

__

wednesday

thursday

friday

saturday

sunday

24.
—
틈틈이 읽기

그러고 보니 부모님이 내게 공부하라는 소리를 한번도 하지 않았다는 사실을 고3을 넘기고 10년쯤 지나서야 깨달았다. 뒤늦게 궁금증이 일어 거실에서 마늘을 까던 엄마에게 씩 웃으며 물었다. "엄마, 엄마는 왜 나한테 공부하라는 소리를 한번도 안 했어?" 그러자 엄마는 웃음기 없는 얼굴로 되받아쳤다. "네가 누가 하란다고 뭘 하는 애니? 하라고 했으면 더 안 했겠지?"

　엄마의 대답에는 '그래서 지금도 너에게 아무 소리 못 하고 살고 있다'는 답답함이 서려 있었지만, 난 미안한 마음보다는(죄송합니다) 고마운 마음이 컸다. 정말 달달 볶였다면 공부에서 손을 놓아 버렸을지도 모르니까. 대신 나는 부모님의 이해 안에서 공부도 적당히, 딴짓도 적당히, 책도 적당히 읽으며 무럭무럭 잘 자랐다. 어느 한 분야에서도 최고가 되진 못했지만

(죄송합니다). 가끔씩 낭만적인 기분에 취해 '그 시절에 좋아했던 작가'를 추억해 볼 수는 있게 되었다.

내가 처음으로 좋아한 작가는 독일 소설가 파트리크 쥐스킨트다. 파트리크 쥐스킨트의 책은 중고등학교 시절에 주로 읽었다. 가끔씩 맞닥뜨리곤 하는 내 안의 '고독한 자아'는 그의 영향이 크다. 마냥 철부지였던 내게 '삶 그 자체에서 오는 외로움'을 선행학습시켜 준 것도 쥐스킨트다. 시험공부를 하다가 가슴이 답답해 오면 《향수》나 《콘트라베이스》를 읽었다. 세상에서 제일 외로운 주인공들을 만나면 '이까짓 것' 하는 기분에 다시 시험공부에 골똘할 수 있었다.

이렇게 저렇게 애를 써도 도통 마음이 잡히지 않을 때는 《좀머 씨 이야기》의 '좀머 씨'를 떠올리면 도움이 됐다. 페터 좀머인지 하인리히 좀머인지 이름도 제대로 알려지지 않은 좀머 씨는 소설 내내 걷기만 했다. 새벽 4시가 되기 전에 걷기 시작해 늦은 저녁까지 동네 근방을 홀로 걸었다. 마치 보이지 않는 누군가에게 하염없이 쫓기고 있다는 듯이. 어쩌면 그 누군가가 자기 자신인지도 모른다는 듯이. 소설을 통틀어 좀머 씨가 분명한 발음으로 사람들이 알아듣게 말을 한 건 단 한 번이었다.

"그러니 나를 좀 제발 그냥 놔두시오!"

한도 끝도 없이 처량해 보였던 좀머 씨와 당시의 내 사정은 많이 달랐는지 몰라도 나는 좀머 씨의 외침에 속이 다 후련해지고는 했다. 누구에게 해야 하는지도 몰랐지만 자꾸만 중얼거리게 되던, 나를 좀 그냥 놔둬, 라는 말. 이 말을 혼잣말로 몇 번 내뱉으면 기분이 좀 풀려 억지로라도 미적분 문제 몇 개를 풀 수 있었다.

공부가 하기 싫어 책을 읽었던 건 아니다(물론 공부만 아니면 다 재미있던 시절이기는 했지만). 삶이 덩치 큰 악당처럼 못된 얼굴로 쫓아올 때면 책으로 악당을 처치해야 다시 고개 들고 꿋꿋해질 수 있었다. 원어민도 헷갈려 할 영어 지문에 쩔쩔매다가도, 고3 감수성에 젖어 눈물을 흘리다가도, 취업 전선에서 낙오할까 봐 토익 점수를 올리면서도, 야근하고 집에 돌아와서도 졸린 눈을 부릅뜨고 책을 읽었다. 지하철, 엘리베이터를 기다리며 읽었고, 병원, 공항에서 읽었다. 돌이켜보면 나는 늘 바빴지만 틈틈이 책을 읽고 있었다. 내 독서의 팔 할은 '틈틈이 독서'였던 셈이다.

세상은 우리에게 하고 싶은 일을 충분히 할 시간을 주지 않는다. 느긋이 앉아 독서하는 나의 모습을 구현하기가 얼마나 어려운가. 일 때문에 바쁘고, 관계를 좇느라 바쁘고, 삶을 견디느라 바쁜 우리에게 독서는 늘 뒷전이다. 그럼에도 독서를 하고 싶다는, 해야만 한다는 생각은 좀처럼 사그라들지 않는다. 다행히 우리에게도 시간은 주어진다. 조각난 10분, 30분들. 출근 전 10분, 점심 먹고 10분, 집으로 향하는 30분, 잠에 들기 전 30분. 우리에겐 이런 10분들, 30분들뿐이지만 다행히 이 시간만으로도 독서는 가능하다.

나는 머리를 말리면서 책을 즐겨 읽는데 이 짧은 시간에도 톨스토이의 《부활》을 읽으며 책에 깊숙이 빠져든다. 한때 연정을 품었던 마슬로바가 살인죄 누명을 쓰고 재판정에 선 모습을 본 네흘류도프. 그는 그녀를 그렇게 만든 사람이 자기 자신이라는 걸 알기에 극심한 내적 갈등에 시달린다. 179페이지에서 자신의 비열함을 자각한 그가 단 네 페이지 만인 182페이지에서 속죄를 위해 그녀와 결혼을 결심하는 과정을 나는 뜨거운 바람을 맞으며 지켜본다. 어느새 머리카락은 다 말랐고 나는 책을 덮는다. 몇 시간 뒤든, 며칠 뒤든, 다음 번에 책을 펼쳐도 그 장면의 울림이 그대로 재현된다. 책을 읽기 시작한 이후로 나는 이런 식의 짧은 독서를 기쁘게 누려 왔다. 앞으로도 그럴 것이다.

1 2 3 4 5 6

7 8 9 10 11 12

"천천히 책을 읽는다.
 천천히 읽다 보면 1년에 한두 번이라도
 문득 황홀한 기분에 젖어 들 때가 있다."
야마무라 오사무, 천천히 읽기를 권함

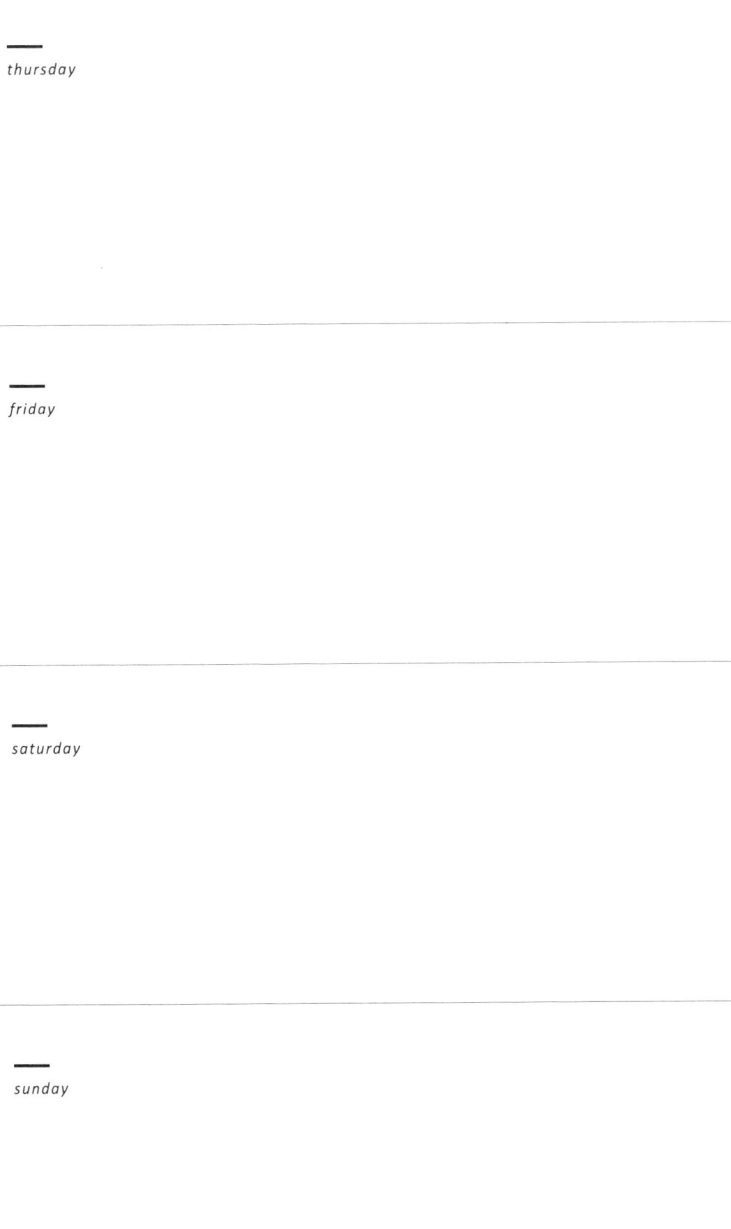

thursday

friday

saturday

sunday

25.

—

천천히 읽기

몇 년 전에 읽은 짧은 여행기에서 여행자는 여행을 하는 대신 그림을 바라봤다. 영국 국립 미술관을 유일한 여행지로 삼은 듯 매일 들러 그림 하나만을 바라봤다고 했다. 원래는 하루 몇 시간 짧게 둘러볼 예정이었지만 그만 그 그림에 시선이 사로잡히고 말았다는 거였다. 여행자는 모든 일정을 물리고 그림 주위를 배회하다 집으로 돌아온다.

그는 그림을 보고 있었지만 실은 자기 안의 동요(動搖)를 바라보고 있었으리라. 나는 어떤 동요가 그를 멈춰 세웠는지 궁금했다. 어쩌면 여행자조차 동요의 이유를, 동요의 내용을 아직 정확히 언어화하지 못했을지 모른다는 생각도 들었다. 몇 년이 더 지나야, 아니면 도저히 참지 못하고 그림을 향해 다시 여행을 떠나고 나서야 비로소 "내가 그때 그 그림 앞에 멈춰

선 이유는……" 하고 말을 뗄 수 있을지도.

나는 제 안의 동요를 응시하던 여행자에게서 독서가의 모습을 본다. 독서에도 이런 '시간'이 필요하다. 글을 읽으며 내 안에서 벌어지는 일들을 감당하기 위한 시간. 내 안에 있는 줄도 몰랐던 감정이 불쑥 튀어나와 깜짝 놀라기도 하고, 잊고 있던 감정이 다시 치고 올라와 마음을 뒤흔들고, 타인을 이해하려다가 나를 평가하게 돼 불편해지고, 왠지 이 세상 모든 것은 연결돼 있는 듯해 새삼 들뜨기도 하는 시간.

책을 읽는 사람에겐 내면에 흐르는 작은 울림들을 의식하고 이해할 시간이 요구되기에 급히 이 책, 저 책 옮겨 다닐 이유가 없다. 눈앞의 페이지에 오랜 시간 머무르며 마음껏 음미해도 된다. 글을 재빨리 읽는 방법을 전수하는 책이 있다는 사실도 알고, '이제 독서하는 생활을 해야지' 하고 결심한 사람이 다급한 마음에 속독법을 익히려 한다는 것도 알지만 책을 읽으며 세계와 나를 의식해야지, 내가 지금 빨리 읽고 있다는 사실만 의식해서 뭐할까. 우리는 더 빨리가 아닌 더 많이 느끼기 위해 책을 읽는다. 직업상 책을 읽어야 하는 사람이 아닌 이상 책을 빨리 읽을 이유란 없다.

천천히 읽어야만 보이는 것들이 있다. 한 문장,

한 문장 꼼꼼히 따라가는 이에게만 책이 주는 선물. 온갖 감성과 생각 다발들이 기지개를 켜듯 팔을 쭉 뻗고 나와 내게 말을 건다. 이 말들에 정성 들여 대답하다 보면 세상에 심드렁했던 나는 온데간데없고 내 안 여기저기에서 일어나는 동요에 들뜬 나만 남는다. 책을 덮는 순간 어쩐지 나에 대한 이해도가 1센티미터쯤 높아진 기분. 조급한 독서 뒤에는 결코 느낄 수 없는 기분이다.

아무리 빨리 읽고 싶어도 결코 빨리 읽게 되지 않는 책도 있다. 나도 몰랐던 나의 그림자가 단 몇 개의 문장에 오롯이 드러나고, 글을 읽는 행위가 오랫동안 엉켜 있던 감정의 실타래를 푸는 행위가 되고, 잰걸음 치듯 페이지를 넘길라치면 방금 읽은 문구가 마음에 걸려 뒷걸음치게 되는 책.

프레데리크 그로의《걷기, 두 발로 사유하는 철학》은 하루에도 몇 번씩 걷고 싶은 충동을 느끼는 사람에게 적합한 책이다. 왜 자꾸 이곳을 떠나려 하는지, 왜 매번 떠나는 방법으로 걷기를 선택하는지, 걷고 나면 왜 살아 있다는 느낌이 드는지 궁금한 이라면 프레데리크 그로의 걷기에 관한 사유 앞에서 한동안 멈춰 서게 되리라. 나도 그의 사유를 천천히 따라가며 저녁

만 되면 나갈 채비를 하는 내 행동의 이유를 곰곰이 생
각해 봤다.

　　걸어야 한다. 혼자 떠나야 한다. 산을 오르고 숲을
　　지나가야 한다. 사람은 없다. 오직 언덕과 짙푸른
　　나뭇잎만 있을 뿐이다. 걷는 사람은 이제 더 이상
　　어떤 역할을 할 필요도 없고, 어떤 지위에 있지도
　　않으며, 어떤 인물조차 아니다. 걷는 사람은 단지
　　길 위에 널려 있는 조약돌의 뾰족한 끝 부분과 키
　　큰 풀의 가벼운 스침, 바람의 서늘함을 느끼는 몸
　　뚱이일 뿐이다. 걷는 동안 세계는 더 이상 현재도,
　　미래도 갖지 않는다. 이제는 그저 아침과 저녁만
　　반복될 뿐이다. 매일 같은 일만 하면 된다. 걷기
　　만 하면 되는 것이다.

1 2 3 4 5 6

7 8 9 10 11 12

"독서는 삶이라는 여정을 이끄는
 이정표 같은 것이 될 수도 있으리라."
 장 그르니에, 일상적인 삶

——

monday

——

tuesday

——

wednesday

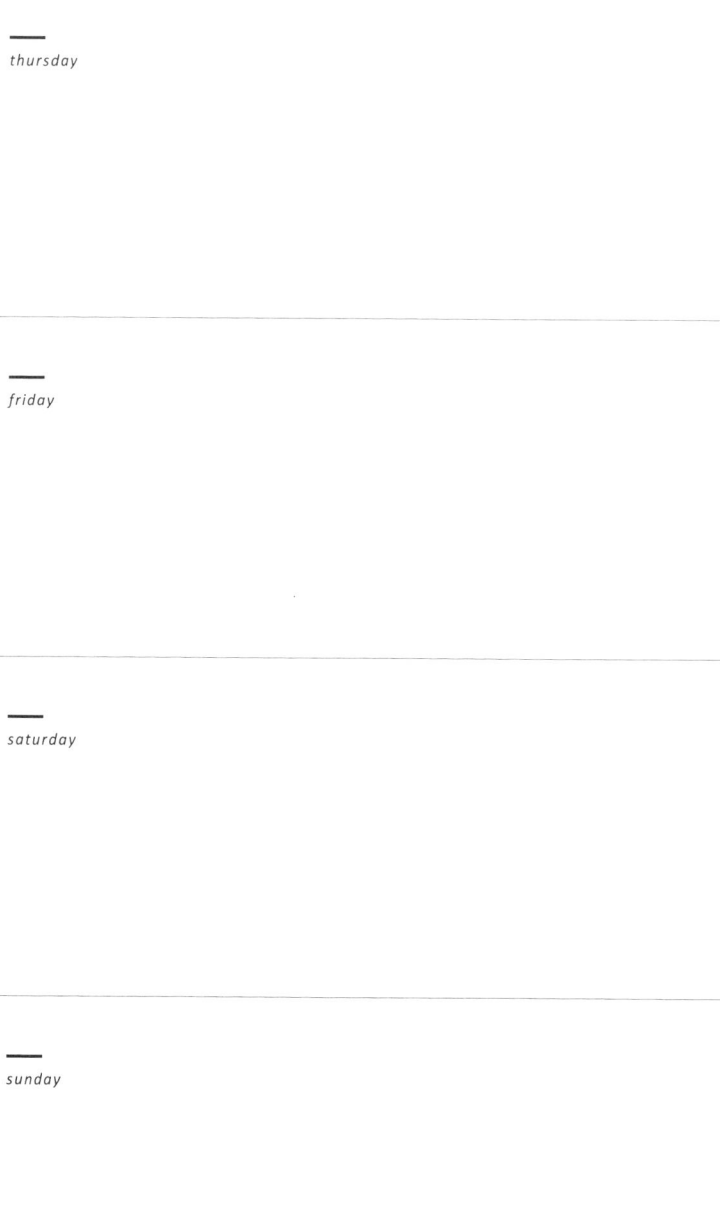

thursday

friday

saturday

sunday

26.

당신의 인생 책은?

책 소개 글을 읽다 보면 "이 책이 내 인생 책이다!" 당당하게 선언하는 댓글을 자주 본다. 인생 책이라니, 눈이 번쩍 뜨인다. 이 책의 어느 부분이 그 사람의 인생을 건드렸나 싶어 다시금 유심히 보게 된다. 이내 흐뭇함이 내 안에 퍼진다. 나한테도 인생 책이 잔뜩 있다는 생각 때문에.

나에게도 인생 책이 있다. "이 책이 내 인생 책이다!" 하며 책에 표시를 해 둔 건 아니지만 때때로 마음속에 떠올려 보는 책들이다. 내 인생 책은 크게 세 그룹으로 나뉜다. 첫 번째 그룹에는 시간이 아무리 흘러도 굳건히 내 곁을 지켜 줄 책들이 속한다. 어떻게 살아야 할지 귀띔해 준 책들. 헤르만 헤세의 《데미안》, 서머싯 몸의 《면도날》, 헨리 데이비드 소로의 《월든》, 에리히 프롬의 《자유로부터의 도피》 같은 책들.

두 번째 그룹에는 내가 왜 책을 읽을 수밖에 없는지를 존재 자체로 알려 준 책들이 포함된다. 위대하거나 매력적이거나 더할 수 없이 짜릿한 책들. 니코스 카잔차키스의 《영혼의 자서전》, 뮈리엘 바르베리의 《고슴도치의 우아함》, 빌 브라이슨의 《거의 모든 것의 역사》, 존 윌리엄스의 《스토너》. 누군가가 나에게 좋아하는 책이 뭐냐고 물으면 대개 두 번째 그룹 책을 언급한다.

세 번째 그룹은 말 그대로 재미있게 읽은 책이다. 지금 이 순간만큼은 최고인 책, 누구라도 붙잡고 책 이야기를 마구 하고 싶을 만큼 흥미진진한 이야깃거리를 던져 주는 책, 인간의 삶을 가볍고 허투루가 아닌 진정성 있게 다룬 책. 근래에 읽고 좋았던 책으로는 조너던 와이너의 《핀치의 부리》, 최윤필의 《가만한 당신》, 스콧 스토셀의 《나는 불안과 함께 살아간다》가 있다.

책의 마지막 페이지를 덮을 때 '와, 좋다!'는 느낌이 들면 책 덕후의 가슴은 뜨거워지고 마음은 부산해진다. 이 책은 몇 번째 그룹에 넣을까, 두 번째? 아니면 세 번째? 그것도 아니라면 첫 번째? 첫 번째 그룹을 오랜만에 업데이트할 때 드는 기분을 어떻게 설명할 수 있을까. 삶에 조금 더 확신을 갖게 된 기분이라고 하면 이해될까.

책을 읽는 사람이 그렇지 않은 사람보다 더 단단해 보이는 건 그들 마음속 인생 책 덕분인지도 모른다. 나는 삶이 막막해질 때면 책을 떠올린다. 사람들 말에 휘둘리기보다 내 안의 인생 책 컬렉션으로 찾아가 책을 읽는다. 예전에 나를 잡아 주었던 책이 이번에도 나를 붙들어 준다. 인생 책이 쌓여 갈수록 살아가는 힘이 생긴다.

독서가 밋밋하게만 느껴진다면 엉뚱한 책만 읽어 온 탓일지도 모른다. 즐거움도 의미도 설렘도 주지 않는 책들만 곁에 두고 있는지도. 이럴 때 책을 고르는 기준을 과감히 바꿔야 한다. 생뚱맞다고 할 정도로 생소한 분야의 책을 시도해 봐도 좋다. 아니면 주위 어딘가에 살고 있을 책 덕후의 추천을 받아 보는 것도 괜찮다. 다독가들 입에 오래도록 오르내리는 책이라면 당신에게도 좋은 책일 가능성이 높다. 인생 책을 발견한 순간 밋밋한 독서는 끝이 난다.

이화경의 《사랑하고 쓰고 파괴하다》도 재미있게 읽었다. 여자로 태어나 여자로 살았기에 더 많이 견뎌야 했던 작가 열 명을 다룬 책이다. 수전 손택, 한나 아렌트, 로자 룩셈부르크, 시몬 드 보부아르, 잉게보르크 바흐만, 버지니아 울프, 조르주 상드, 프랑수아즈 사강, 실비아 플라스, 제인 오스틴. 이제는 이름만으로 하나의 상징이 된 이들의 삶을 들여다본다는 의미도 컸다. 책은 서문에서 '지성의 의연한 힘'을 언급하며 독자를 바짝 끌어당긴다.

> 그녀들에게 중요한 것은 자신과 세상에 대한 정확한 앎이며, 누군가의 삶을 대신하는 삶이 아니라 당당한 주체로 살아가는 삶이었다. 그녀들은 자신의 삶을 아무도 대신 살아 주지 않는다는 걸 알았기에 철저히 자유로운 주인으로 살고자 했다. 때로는 "여자로 태어난 게 나의 끔찍스러운 비극이다"고 통곡하기도 하고, 여성들에게 폭력적으로 덧씌워지는 유리 천장을 부수기 위해 목숨을 걸기도 했다. 그녀들은 운명의 멍에를 기꺼이 짊어지되 예속되지 않았다. 편견과 불합리와 고단함과 고통 속에서도 지성의 의연한 힘을 잃지 않았다.

망설임 없이 인생 책 세 번째 그룹에 이 책을 넣었다.

1　2　3　4　5　6

7　8　9　10　11　12

"이 한 권의 책을 통해
나는 당신에게 말을 건네고 있다."
김영건, 당신에게 말을 건다

---

monday

---

tuesday

---

wednesday

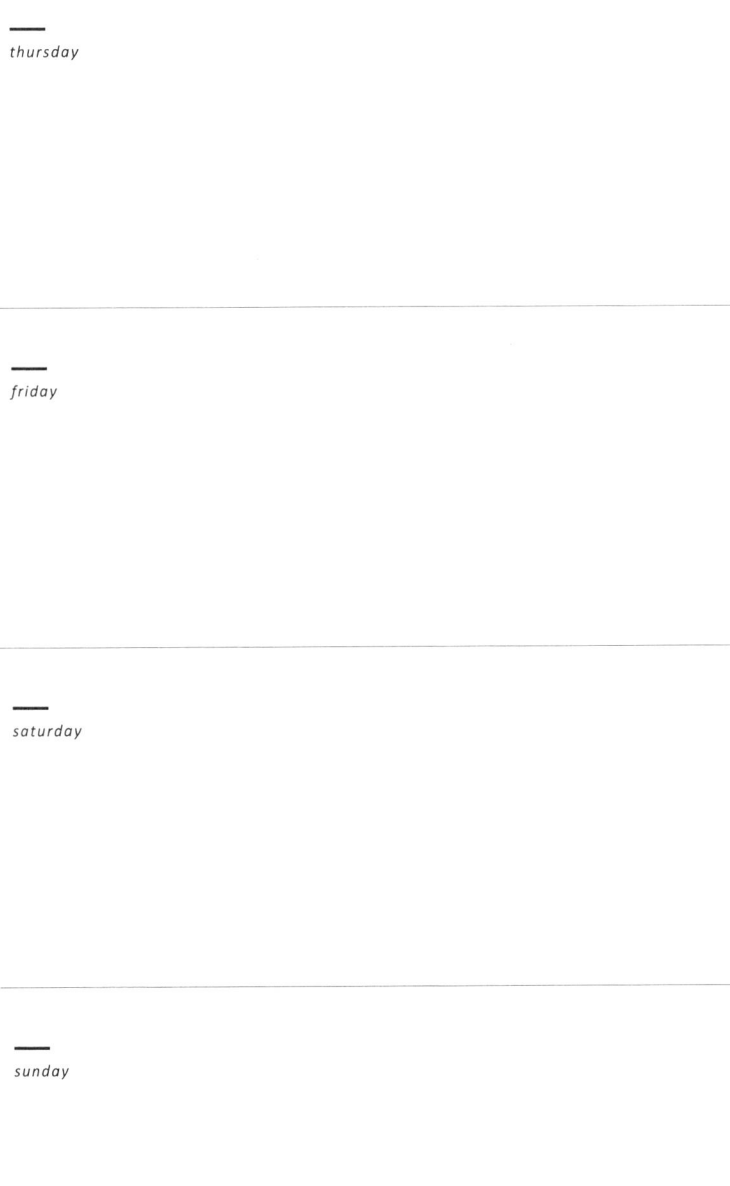

thursday

friday

saturday

sunday

27.

—

동네책방에서

유럽을 여행하던 친구가 사진을 몇 장 보내왔다. 이탈리아 볼로냐에서 저녁 길을 걷다가 동네책방에 들러 찍은 사진이었다. 가벼운 차림의 머리 희끗한 어르신들이 진지한 눈빛으로 둘러앉아 독서모임을 하고 있었다. 사진을 보고 있는 것만으로도 마치 노후준비를 끝마친 기분이었다. 저녁 식사 후 집 근처 책방에 들러 책을 읽고 이야기를 나눌 수 있는 삶이라면 많은 것을 갖지 못했더라도 행복할 듯했다.

친구가 볼로냐에서 사진을 보낼 때만 해도 우리나라에서 동네책방은 지나간 문화의 끝자락 어디쯤에 간신히 놓여 있었다. 더 이상 골목에서 음반점을 발견할 수 없듯, 얼마간 걸어 나가 책을 살 수 있던 시대는 영영 지나간 듯했다. 그런데 최근 몇 년 사이에 놀라운 반전이 일어났다. 여기저기에 개성 있는 책방이 생겨나고 있다. 인터넷엔 맛집 지도처럼 동네책방 지도가 떠돌고, 블로거들은 동네책방 이야기를 늘어놓는다. 길을 걷다 간혹 동네책방을 발견하기도 한다.

책을 좋아하는 사람이라면 이제 동네책방 이름 한두 개 정도는 안다. 지방의 몇몇 책방은 여행의 목적이 되기도 한다. 이런 분위기에 힘입어 거대 출판사는 동네책방에만 입고되는 스페셜 에디션을 기획하고, 유명 소설가는 동네책방을 돌며 북콘서트나 사인회를 연다. 책방들은 지역 주민들에게 독서모임 공간을 제공하고, 독립영화를 상영하며, '책맥' 이벤트를 시도한다. 심야책방 콘셉트로 밤문화에 앞장서는 책방도 있다.

동네책방이 다시 인기를 끄는 이유는 뭘까. '돈이 안 되는 줄 알면서도' 왜 책방 주인들은 책방을 열어 놓고 손님을 기다릴까. '더 큰', '더 많은'에 의미를 부여하는 삶에 행복을 느끼지 못하던 사람들이 소규모 문화, 작은 공동체, 마음 맞는 친구 몇 명을 찾듯 동네책방을 찾는 걸까. 획일적이고 자본 친화적인 문화에서 벗어나 나에게 맞는, 내 삶에 가치를 입히는 문화가 동네책방에 있기 때문인 걸까. 잘은 모르겠지만 내가 친구의 사진에서 어떤 방향성을 발견했듯, 사람들도 동네책방에서 무언가를 발견하는 것 같다.

며칠 전, 외출한 김에 한번 들러 보고 싶던 동네책방을 찾았다. 2호선 선릉역에 내려 최인아 책방으로 향했다. 책방은 건물 4층에 자리해 있었다. 책방을 여는 데만도 큰 용기가 필요했을 텐데, 이렇게 꼭꼭 숨어 있다니, 책방 주인의 배짱이 대단하다고 생각했다. 내가 찾아간 날은 부드러운 피아노 선율이 공간 전체를 아우르고 있었고, 사람들은 거의 '무음'으로 움직이며 책 구경을 하거나 책을 읽었다. 나는 먼저 매대에 올려져 있는 책들을 탐색했다.

동네책방에선 특히 진열 방식에 주목하게 된다. 인터넷서점이나 대형 서점처럼 많은 책을 구비할 수 없기에, 책을 선별하고 진열하는 방식에 따라 책방의 개성이 드러난다. 책방 주인의 안목과 취향을 눈치챌 수 있는 영역이 바로 여기다. 이제는 속초 명물이 된 동아서점의 3대 사장 김영건은 《당신에게 말을 건다》에서 책을 진열하는 일이 녹록지 않다고 말한다. 애써 고른 책이 손님에게 응답받을지 결코 알 수 없기에.

베스트셀러만 소개하고 잘 팔릴 것 같은 책들만 진열했다면 아마 묻혀 버리고 말지도 모르는 책. 그렇게 묻혀 버리고 말기엔 아까운 책. 그런 책들을 손님들에게 어떻게 소개해야 그들로부터 응답을 받을 수 있을까?

사람들이 찾는 책이 아니라 사람들이 몰랐던 책을 소개하는 방식이 좋은 진열일 것이다. 묻히기엔 아까운데 결국 묻히고 마는 책이 이 세상에는 너무 많기에, 좋은 책방 직원이란 이런 책들을 애써 찾아 내 소개하는 사람 아닐까. 하지만 진열은 소개하는 데에서 그치지 않고 손님이 응답해야 비로소 완성될 수 있다. 김영건은 "별것 아닌 진열 하나에도 새삼 절실함이 깃들고 때로 가슴 아파지는 까닭"으로 "한 권의 책을 통해 나는 당신에게 말을 건네고" 있기 때문이라고 말한다. 책방이 말을 건넬 때 우리는 어떤 대답을 하게 될까.

나는 최인아 책방이 말을 건네는 방식이 마음에 들었다. 책방 주인 최인아와 최인아의 지인들이 추천하는 책들이 벽면 일부를 채웠고, 그 책들에는 '이 책을 당신에게 추천하는 이유'가 적힌 손글씨 쪽지가 꽂혀 있었다. 책을 꺼내 쪽지를 읽었다. 평소처럼 서문과 본문도 읽었다. 책이 마음에 들어 응답하기로 했다. 나의 응답이 이 우아한 책방의 존속에 조금이나마 도움이 되길 바라며.

1   2   3   4   5   6
7   8   9   10   11   12

"나는 어떤 책도 혼자 쓰지는 않았다.
 내가 읽고 인용한 모든 책의 저자들이 그랬던 것처럼."
 금정연, 실패를 모르는 멋진 문장들

---

monday

---

tuesday

---

wednesday

thursday

friday

saturday

sunday

28.
—

다음에 읽을 책은

올해 처음 가 본 서울국제도서전은 마치 오래된 동네의 부활한 골목처럼 흥성스러웠다. 넓은 전시장에 출판사 부스와 관람객이 빼곡했고 이벤트도 다양했다. 두 시간가량 기웃거리며 출판사들이 자랑스레 선별해 놓은 책들을 구경했다. 어느덧 약속된 5시. 기대감을 안고 독서클리닉 부스로 향했다.

　　강연인 줄 알고 신청했는데 뽑히고 나서야 일대일 독서 처방임을 알게 돼 약간 망설였던 이벤트였다. 독서가 주제인 책을 쓰고 있는 사람이 독서 처방을 받아도 되나 싶었다. 하지만 고민은 잠깐. 뭐 어때? 도움될 것 같은데? 내 안의 긍정의 목소리에 귀 기울이며 들뜬 마음으로 이날이 오기를 기다렸다.

　　정확히 33분간 (상대방은 아닐지 모르겠지만) 즐겁게 이야기를 나눴다. 차세대 서평가라 불리는 금정연은 높은 독서 공력을 부드럽게 활용했다. 어디로 튈지 모르는 내 이야기를 통통 잘도 받아쳐 주었다. 지금까지 읽은 책이 도대체 몇 권일지 궁금할 정도로 아는 책도, 작가도 많았다. 나는 그에게서 처음 들은 작가의 이름을 기억에 새겼다.

서평가는 나에게 좋아하는 작가가 있느냐고 물었다. 얼른 떠오르는 대로 대답했다. 그는 내 입에서 튀어나온 작가 가운데 줄리언 반스의 이름을 메모장에 적었다. 의미심장한 행동 같길래 그의 손끝을 주의 깊게 지켜봤다. 그는 줄리언 반스 이름 옆에 '플로베르의 앵무새'라고 썼다. 반스가 쓴 소설 제목이었다. 프랑스 소설가 귀스타브 플로베르의 소설 버전 평전이라고 볼 수 있는 책이다. 서평가는 미소를 띠고 내게 물었다.

"혹시 귀스타브 플로베르 아세요?"

나는 "네" 하고 대답하며 고개를 끄덕였다.

"《마담 보바리》는 읽어 보셨어요?"

나는 또 "네" 하고 대답하며 고개를 끄덕였다. 《마담 보바리》는 플로베르의 대표작이다. 내 대답에 서평가도 고개를 끄덕이더니 메모장에 네모를 네 개 그려 넣었다. 그러고는 직선을 이용해 네모들을 연결했다. 그가 무슨 말을 하려는지 알 것 같았다. 써 넣지는 않았지만 각각의 네모 안에는 줄리언 반스, 플로베르의 앵무새, 귀스타브 플로베르, 마담 보바리가 들어갈 터였다. 서평가는 책을 읽는 방법을 알려 주고 있었다. 책의 상호 연결성을 의식한다면 좀 더 깊이 있는 독서를 할 수 있을 거라고.

책은 독립된 완성품이면서 연결된 완성품이다. 줄리언 반스의《플로베르의 앵무새》는 그 자체로 완성됐지만, 또한 귀스타브 플로베르와 매우 강하게 연결돼 있다. 이 '연결'을 의식해 줄리언 반스와 귀스타브 플로베르의 소설을 함께 읽어 보는 것,《플로베르의 앵무새》를 읽었으면《마담 보바리》도 읽어 보는 것, 이렇게 책과 책을 연결하는 독서를 통해 지적 자극이 지속되는 독서를 할 수 있다고 서평가는 말하고 있었다. 에세이집《실패를 모르는 멋진 문장들》에서 그는 연결성을 이렇게 표현한다.

지금까지 내가 세 권의 책을 혼자 썼다는 말은 거짓말이다. 나는 어떤 책도 혼자 쓰지는 않았다. 내가 읽고 인용한 모든 책의 저자들이 그랬던 것처럼.

작가들은 과거에 출판된 수많은 책들에 영향을 받아 현재의 책을 쓴다. 혼자 글을 쓰고 있지만 실은 혼자 쓰고 있지 않은 셈이다. 시공간을 뛰어넘어 손에 손 잡고 글을 쓰는 작가들. 이 작가들의 손에 주목한다면 더 넓은 시야로 독서에 접근할 수 있으리라.

한 권의 책을 다 읽고 이젠 뭘 읽어야 하나 고민될 때 '이 책이 왜 좋았지?' 한번 생각해 보는 것이다. 그러고는 '왜'를 좇아 보이지 않는 책의 연결성을 머릿속에 그려 본다. 저자의 사상이 마음에 들었다면 사상에 영향을 끼친 작가가 누구인지 찾아보고, 주제가 좋았다면 같은 주제의 다른 책을 검색해 보고, 인용구들이 특히 인상적이었다면 인용된 책을 읽어 본다. 거미줄처럼 촘촘한 독서의 그물에서 쉽게 헤어나지 못할 것이다.

1　2　3　4　5　6

7　8　9　10　11　12

"읽는 사람은 모든 관심과 욕망을 지혜에 집중하기 위해
스스로 망명자가 된 사람이며,
이런 식으로 지혜는 그가 바라고 기다리던 고향이 된다."
이반 일리치, 텍스트의 포도밭

---

monday

---

tuesday

---

wednesday

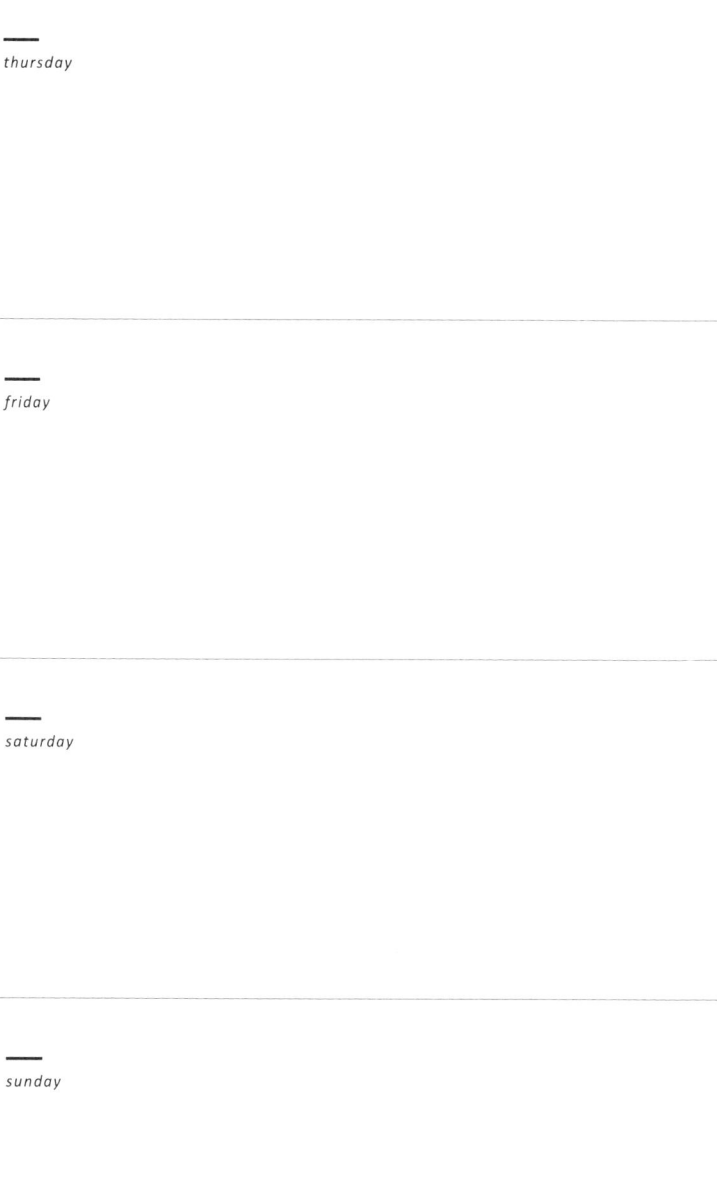

thursday

friday

saturday

sunday

29.

기쁨과 불안 사이에서 책 읽기

전공인 컴퓨터공학에 맞춰 지원한 회사에서 휴대전화 소프트웨어 연구원으로 일했다. 신입사원 교육을 받기 전까지도 내가 이 회사에서 무슨 일을 하게 될지 잘 몰랐다. 알고 보니 일은 꽤 단순했다. 회사에서 제공한 책상에 앉아 회사에서 제공한 노트북에 손을 올리고 아침부터 저녁까지 하얀 화면에 기계어를 입력하면 됐다.

가끔은 출장을 가기도 했지만 대부분은 정해진 자리에 꼼짝없이 앉아 머리를 쥐어짰다. 머리가 잘 돌아가는 날엔 휴대전화의 성능이 조금 향상됐다. 아침에 출근하며 '오늘은 뭘 해야 하지?' 하고 고민한 적은 거의 없다. 고민하지 않아도 일은 알아서 생겼고 일을 하나둘 처리하면 통장에 돈이 쌓였다.

지금은 전공과 전혀 상관없는 일을 내 마음대

로 하고 있다. 아무도 내게 글을 쓰라고 시키지 않았고, 아무도 내 글에 기대 같은 걸 하지 않지만, 매일 글을 생각하며 산다. 부모님이 대학교 시절에 사 준 책상에 앉아 내가 구입한 노트북에 손을 올리고 역시나 머리를 쥐어짜며 하얀 화면을 한글로 채운다.

가끔은 여행을 가기도 하지만 대부분은 책상과 침대, 책장이 있는 내 방에서 주로 책을 읽거나 글을 쓴다. 아침에 일어나면 반사적으로 '오늘은 뭘 쓰지?' 하고 고민하고, 글을 쓰지 못한 날에는 우울감과 자책감에 시달리며 잠이 든다. 스스로 일을 만들어 내지 않으면 일은 거의 없고, 일을 해도 통장에 돈은 쌓이지 않는다. 그럼에도, 지금의 생활이 더 만족스럽다. 내가 원한 삶이라서 그럴 것이다.

이전의 삶과 지금의 삶. 여러모로 다르다. 책상과 노트북이 필요하고 언어를 취급한다는 사실 정도만 같을 뿐, 일을 하는 환경과 생활 패턴, 세상에서의 위치, 통장의 잔고, 말을 하는 횟수 등등 이전과 같은 것이 거의 없다. 이따금 아주 다른 사람이 되었다는 느낌이 들 만큼 나는 몇 년 사이에 완전히 다른 삶의 방식 속으로 들어온 듯하다.

회사를 그만둔다고 했을 때 사람들은 물었다.

"어떻게 그런 용기를 냈어?" 그러면 나는 이렇게 대답했다. "특별히 용기를 낸 건 아니야. 그냥 자연스럽게 이렇게 된 거야." 나에겐 회사를 그만두는 일이 매우 자연스러웠지만 그럼에도 고민은 있었다. 내가 뭘 고민하는지 정확히 모른 채 고민하고 있었기에 사람들에게 털어놓을 수 없었을 뿐.

《소유냐 존재냐》를 읽고는 그간 내가 했던 고민이 '소유'와 '존재'라는 두 가지 삶의 방식 사이에서 갈피를 잡는 일이었음을 알게 되었다. 책에서 에리히 프롬은 소유적 실존 양식을 지닌 '나'와 존재적 실존 양식을 지닌 '나'를 구분했다.

만약 나의 소유가 곧 나의 존재라면, 나의 소유를 잃을 경우 나는 어떤 존재인가? 패배하고 좌절한, 가엾은 인간에 불과하며 그릇된 생활방식의 산 증거물에 불과할 것이다. 소유하고 있는 것이란 잃을 수 있는 것이므로, 나는 응당 내가 소유하고 있는 것을 언제이고 잃을세라 줄곧 조바심 내기 마련이다. 도둑을 겁내고, 경제적 변동을, 혁명을, 질병을, 죽음을 두려워할뿐더러, 사랑하는 행위에도 불안을 느끼며, 자유, 성장, 변화, 미지의 것에 대해서 두려움을 가진다. 그리하여 나는 신체 상의 질병뿐만 아니라 내게 닥칠 수도 있는 온갖 손실에 대한 끊임없는 걱정에 싸여 살며 만성적 인 우울증에 시달리게 된다. (중략) 가진 것을 잃을 수 있다는 위험에서 생기는 불안과 걱정은 존재적 실존 양식에는 없다. 존재하는 자아가 나일 뿐 소유하고 있는 것이 내가 아니라면, 어느 누구도 나를 앗아가거나 나의 안정과 나의 주체적 느낌을 위협할 수는 없을 것이다. 나의 중심은 나 자신의 내부에 있고 존재하면서 나의 고유의 힘을 표현하는 능력은 나의 성격구조의 일부로서 나에게 달려 있다.

물론 소유만 있고 존재는 없는 삶, 또는 소유는 없고 존재만 있는 삶은 극히 드물다. 나 역시 두 실존 양식 사이를 오가며 살고 있다. 낮에는 더 많이 존재하게 된 것에 기뻐하고, 밤에는 더 적게 소유하게 된 것에 불안해한다. 앞으로의 삶도 크게 다르지는 않을 것이다. 다만 짐작할 뿐이다. 기쁨과 불안 사이를 오가다 유독 기쁨이 큰 날에는 더없이 행복하지 않을까 하고.

1　2　3　4　5　6

7　8　9　10　11　12

"그녀는 독자였다.
　그가 글을 쓰지 않고는 살 수 없다면,
　그녀는 읽지 않고는 살 수 없었다."
　오스틴 라이트, 토니와 수잔

---

monday

---

tuesday

---

wednesday

30.

영화와 소설

소설가 정유정을 인터뷰한 적이 있다(내 인생 첫 인터뷰였다). 《종의 기원》이 막 출간된 참이었다. 이번 기회에 정유정 소설을 다 읽어 보기로 했다. 왜 그녀의 소설이 유독 큰 인기를 끄는지 단박에 알 수 있었다. 환영처럼 눈앞에 어른거리는 등장인물들의 움직임 때문이리라. 소위 '영화 같은' 소설이라서 그녀가 구축한 소설의 세계로 더 쉽게 진입할 수 있었다.

　　인터뷰를 진행하면서 《7년의 밤》이 영화화된다는 소식을 들었다. 나 또한 이 소설을 읽으며 각 등장인물들에 어울리는 배우를 머릿속에 그려 볼 정도였으니 영화계에 종사하는 사람들은 오죽했을까. 머릿속에 절로 그려지는 이미지를 영상으로 재현하고 싶었을 테다. 영화화 이야기가 나온 김에 《종의 기원》 유진 역에 잘 어울릴 것 같은 배우 이름을 소설가에게 전했다

("유아인이 잘 어울리지 않나요?"). 유진을 연기하려면 배우의 얼굴에 선과 악, 나약함과 잔인함이 모두 들어 있어야 할 것 같았다. 서늘한 광기도.

인상 깊게 읽은 소설이 영화화됐다고 하면 뒤늦게라도 찾아본다. 소설이 구축한 인물과 사건, 배경이 영화에 얼마나 탁월하게 구현되었을지 잔뜩 기대하면서. 스토리도 스토리지만 소설과 영화를 병행해 볼 때 나는 인물을 가장 관심 있게 본다. 과연 내 머릿속 등장인물과 배우가 연기하는 인물은 얼마나 같으면서 다를까. 감독은 인물의 성격 중 어느 부분을 부각하고, 어느 부분을 제거했을까.

가끔은 영화를 보고 나서 원작 소설을 찾아 읽기도 한다. 특히 독특하고 매력적인 영화 속 인물을 만나면 그들의 외모와 성격이 소설에선 어떻게 표현되었을지 참을 수 없을 정도로 궁금해진다. 올해 영화를 보고 뒤따라 읽은 소설로 콜럼 토빈의 《브루클린》, 오스틴 라이트의 《토니와 수잔》이 있다. 영화 〈브루클린〉과 〈녹터널 애니멀스〉의 원작이다.

〈브루클린〉을 보면서 에모리 코헨이 연기한 토니 캐릭터에 퐁당 빠진 사람이 어디 한둘일까. 이토록 사랑스러운 남자 캐릭터가 있었던가. 천진난만하면서 능숙하고 말과 행동이 과하거나 부족하지 않아 어디에서나 자연스러운 인물. 나는 무엇보다 토니의 '적절함'이 정말 좋았는데, 소설에서도 그를 적절하다고 표현하는 걸 보고("적절하지 않은 말은 한마디도 하지 않는 토니") 에모리 코헨이 연기를 얼마나 잘했는지 알 수 있었다. 다음은 소설에서 아일리시가 토니를 표현한 문구이다. 영화를 본 사람이라면 토니의 얼굴에 늘 떠올라 있는 '기쁨'이 어떤 표정인지 잘 알 것이다.

> 거기 서 있는 그에게는 뭔가 속수무책의 느낌 같은 게 있었다. 즐거워지고 싶은 의욕, 또는 열정이 이상하게 그를 무방비 상태로 만들고 있었다. 그를 내려다보면서 떠오른 단어는 '기쁨'이었다. 그는 아일리시를 보고 기뻐하듯 매사에 기뻐했고, 그 사실을 드러내는 것 외에 달리 그가 하는 건 없었다.

영화 〈녹터널 애니멀스〉는 남자를 버린 여자와 그 여자에게 복수하는 남자의 모습을 보여 준다. 영화 속 토니(영화 속 소설 《녹터널 애니멀스》의 주인공 이름도 공교롭게도 토니다)의 처절한 상황이 소설에서는 어떻게 그려졌을지 궁금했는데, 소설을 읽으면서는 막상 수잔과 에드워드의 관계 설정에 더 재미를 느꼈다. 소설에서 두 사람은 철저히 '독자 대 작가'의 입장에서 팽팽히 맞섰기에, 남자의 복수가 성공했다는 사실은 결국 작가가 독자의 마음을 사로잡았다는 의미였다. 수잔은 전남편 에드워드가 보내온 소설 《녹터널 애니멀스》를 읽으며 책에서 받은 인상을 현실로 끌어와 생각에 잠기곤 한다. 그녀의 이 모습은 책을 읽을 때의 우리 모습과 같았다.

독서란 바다의 물살을 헤치며 나아가는 수영 선수와 같다. 낮에 수잔의 마음은 육상에서 공기를 마시는 동물인데 독서를 할 때는 그 동물이 바닷물 속에 가라앉아 돌고래, 잠수함, 물고기로 바뀐다. 그녀가 수영을 할 때 이빨이 작은 상어 같은 것이 그녀를 꽉 물었다. 그녀는 그걸 자신이 볼 수 있는 물 위로 끌어낼 필요가 있었다.

1　2　3　4　5　6

7　8　9　10　11　12

"마음에 맞는 시절에 마음에 맞는 벗과 만나
　마음에 맞는 말을 나누며 마음에 맞는 시문을 읽는 것.
　이것이야말로 더할 나위 없는 즐거움이다."
이덕무, 책에 미친 바보

monday

tuesday

wednesday

thursday

friday

saturday

sunday

31.

—

친구와 나누는 책 수다

tvN 〈알아 두면 쓸데없는 신비한 잡학사전〉(〈알쓸신잡〉)을 재밌게 봤다. 똑똑한 다섯 남자가 벌이는 지식의 향연에 마음을 빼앗긴 사람들이 많은 것 같다. 며칠 전에 만난 친구도 "이 프로그램 덕분에 내가 얼마나 무식한지 알게 됐다"며 낄낄 웃었다(나도 같이 낄낄 웃었다). 기사에 딸린 베스트 댓글을 보니 친구와 비슷한 반응이 많았다. 〈알쓸신잡〉은 나의 무식함에 경종을 울리러 온 구원자라나 뭐라나.

　나 역시 〈알쓸신잡〉을 보며 그들의 박학다식, 비판의식, 유연한 태도에 기분이 좋아지곤 했지만, 그보다는 '저곳이야말로 독서하기 참 좋은 환경이구나' 싶어 환호했다. 책 이야기에 부담을 느끼지 않는 사람들끼리 이런저런 이야기를 나누다 자연스레 책 속 문장을 공유하며 술 한잔 기울이는 자리. 〈알쓸신잡〉은

이런 시간이 나의 일상에도 찾아와 주길 고대하는 책
덕후의 마음까지도 건드렸다.

　일찌감치 책 읽는 사람들에 둘러싸여 있던 사
람은 계속 책을 읽기 쉽다. "같은 책을 읽은 사람과 어
울릴 때 책 읽는 기쁨은 두 배가 된다"는 말이 있듯,
서로 지적 자극을 주고받으면 독서 즐거움이 배가되기
때문이다. 하지만 대개 우리 환경은 이렇지 않다. 오
히려 책 이야기를 꺼내면 분위기를 가라앉히는 사람
이 되기 일쑤다. 때문에 꽁꽁 숨어 독서하는 사람들
도 있다. 친구들과 만나도 시치미 뚝 떼고 책을 읽는
다는 소리를 하지 않는다. 심지어 독서가들의 에세이
에는 학창 시절에 책을 읽다가 부모님께 맞았다는 에
피소드까지 있다.

　당신의 주위 환경도 이처럼 척박한지 궁금하
다. 만약 그렇다면, 하는 수 없다. 직접 환경을 조성하
는 수밖에. 책을 읽을 때 친한 친구도 살짝 끌어들여
보는 거다. 같이 서점에 들러 친구와 나의 공통 관심사
가 담긴 책을 골라 보는 거다. 그리고 언제까지 읽자고
커피 한 잔 걸고 약속해 보는 거다. 꼭 끝까지 다 읽고
수다를 떨 필요는 없다. 읽는 도중에 아무 때나 이야기
를 꺼내면 된다. 이렇게.

"난 56페이지쯤에 나온 그 내용이 너무 내 상황이랑 딱 들어맞아 좋더라, 넌 어땠어?"

"어? 나도 거기 읽었는데 생각이 전혀 안 나네. 무슨 내용이더라?"

친구와 책 수다를 떨다 보면 하나 알게 되는 게 있다. 흔히들 책을 다 읽고 독서감상문을 쓰듯 전체 줄거리와 핵심 주제를 추려 내는 일에 골몰하곤 하지만, 페이지마다 장난스럽게 숨어 있는 작은 아이디어나 생각에 의미를 부여해 내 삶으로 끌어오는 작업 역시 중요하다는 것. 이렇게 찾은 의미를 친구와 서로 주고받다 보면 우리의 독서 경험은 생각지도 못할 만큼 풍부해진다. 나는 미처 찾지 못한 56페이지의 이야기가 친구를 통해 나에게 도달하고, 그 이야기에서 찾은 나의 의미가 다시 친구에게 전달되는 과정 전체가 독서 경험이니까 말이다.

실은 내가 그랬다. 열심히 환경 조성에 나섰다. 주위 사람에게 책을 선물하기도 하고, 친구에게 도움이 되겠다 싶으면 읽지 않을 수 없게끔 강력 추천하기도 했다. 톨스토이의 《안나 카레니나》를 읽을 때는 친구 두 명에게 "함께 읽어 줄래?" 하고 부탁해서 같이 읽었다. 몇 년에 걸친 이런 시도 끝에 주위에 책 이야기를 자연스럽게 꺼낼 수 있게 됐다.

　　최근에도 또 친구들에게 책을 같이 읽자고 제안했다. 친구들도 평소에 독서 갈증을 느꼈던 듯 흔쾌히 응했다. 애 키우랴 야근하랴 바쁜 친구들이라서 3개월마다 한 권씩 읽자고 했다. 관계 속으로 책을 들여오면 책을 빌어 꽤 내밀한 이야기까지 하게 돼 관계가 성장하기도 한다. 늘 하던 이야기에서 벗어나게 해주는 덕분에 수다의 즐거움도 크다.

　　《책에 미친 바보》는 조선 후기 실학자이자 책벌레였던 이덕무의 산문을 모아 엮은 작품이다. 그는 '친구와 함께 읽는 즐거움'이 '혼자 읽는 즐거움' 위에 있다고 말했다. 책은 혼자 읽어도 좋지만, 마음 맞는 친구와 함께 읽을 때 역시 참 좋다.

　　마음에 맞는 시절에 마음에 맞는 벗과 만나 마음에 맞는 말을 나누며 마음에 맞는 시문을 읽는 것. 이것이야말로 더할 나위 없는 즐거움이다. 그러나 어째서 이런 지극한 즐거움이 드문 것인가.

1   2   3   4   5   6
7   8   9   10   11   12

"남의 책을 읽는 데 시간을 보내라.
 남이 고생한 것으로 자기를 쉽게 개선할 수 있다."
소크라테스

---

monday

---

tuesday

---

wednesday

thursday

---

friday

---

saturday

---

sunday

32.

한 번에 여러 권 읽기

얼마 전에 만난 지인은 이렇게 말했다.

"나는 책을 한 번에 한 권밖에 못 읽겠더라. 여러 권을 같이 읽으면 책 한 권 한 권에 충실하지 못한 것 같아 마음이 그래."

지인은 책과 순정적인 연애를 하는 사람이었다. 책을 읽는 도중에 다른 책을 곁들여 읽으면 왠지 부도덕한 행위를 한 듯 찜찜해하는 사람. 지인처럼 순정적인 사랑을 하는 사람은 책의 마지막 페이지에 도달하고 나서야 새 마음, 새 기분으로 다음 책을 시작할 수 있다고 믿는다. 어디서부터 비롯됐는지는 모르나, 이 믿음은 꽤 단단하다.

지인의 말을 듣고 나는 마치 비밀을 털어놓듯 조심스럽게 내 이야기를 꺼내 놓았다. 나는 책과 자유분방한 연애를 즐기며, 지금 읽고 있는 책만 해도 다섯 권이 넘는다고. 지인은 짐짓 놀란 듯 물었다. "그게 가능해?" 대답은 어렵지 않았다. "응. 이게 내 스타일이더라고."

나에게도 일편단심 시절이 있긴 하다. 마땅히 그래야 한다는 듯이 한 번에 한 권의 책만 읽던 시절. 그러다 동시에 여러 권에 눈독을 들이기 시작한 그날 이후로 돌이킬 수 없을 만큼 새로운 연애 스타일에 푹 빠져 버렸다. 이제 나에게는 순정이냐, 아니냐가 아니라 한 번에 몇 권을 읽느냐가 중요하게 되었다. 너무 많이 읽으면 감당하기 어렵고, 너무 적게 읽으면 왠지 심심하다.

따져 보니 많을 때는 여섯 권에서 일곱 권을 같이 읽고, 보통은 세 권에서 다섯 권을 읽는다. 정신 산만해 보인다는 사실은 어쩔 수 없지만 이 독서법에는 단점이 하나밖에 없다. 더러 낙오하는 책이 생긴다는 점. 읽고 있었다는 사실을 까맣게 잊은 채 몇 개월간 버려둔 책이 꼭 생긴다. 책장을 둘러보다 배가 볼록한 책이 있길래 꺼내 보면 여지없이 연필이 책갈피처럼 꽂혀 있다. 이 책이 왜 낙오했나, 하고 원인을 생각해 보지만 찾지 못하는 경우가 대부분이다. 책의 재미와는 상관없이 어쩌다 이렇게 되었을 뿐이다. 다시 읽어 보면 '어쩌다' 이렇게 되었음이 더 분명해진다. 이 책을 처음 펴 들었을 때의 설렘, 이 책을 읽으면서 느꼈던 재미가 고스란히 되살아나기 때문이다.

48페이지에 연필이 꽂혀 있던 《꼼짝도 하기 싫은 사람들을 위한 요가》도 마찬가지였다. '폐허를 걸으며 위안을 얻다'라는 부제 때문에 읽기 시작한 책. 예쁘고 건강한 여행기가 아닌 솔직하고 예민한 여행기를 원했던 나는 이 책이 첫 페이지부터 마음에 쏙 들었다. 중년의 저자는 자기혐오에 빠져 있었고, 그의 폐허 여행은 조만간 본인에게 닥칠 미래를 예행연습한다는 뜻을 담고 있었다.

젊은 시절의 지적인 훈련과 야망들이, 심드렁했던 약물남용과 나태함, 그리고 실망감 때문에 모두 흩어지고 말았다는 것, 나에게는 목적도 방향도 없고, 내가 원하는 것이 무엇인지에 대해서도 20, 30대 때보다 훨씬 적게 생각한다는 것, 나 스스로 빠른 속도로 폐허가 되어 가고 있다는 것, 그리고 그 모든 것에 대해 아무렇지 않아한다는 것을 나는 알고 있었다.

만약 지금 한 권의 책과 지지부진한 시간을 보내고 있다면, 의무감 때문에 다른 책들은 곁눈질만 하고 있는 실정이라면, 눈 딱 감고 옆의 그 책도 슬쩍 펼쳐 보면 어떨까. 뭐 어떤가. 어차피 우리에겐 마땅히 따라야 할 독서법이란 없는걸.

1　2　3　4　5　6

7　8　9　10　11　12

"책은 삶을, 내 삶을 거울처럼 반영한다."
니나 상코비치, 혼자 책 읽는 시간

—

monday

—

tuesday

—

wednesday

thursday

friday

saturday

sunday

33.
—
묵독과 음독

그 밖에 다른 것은 전혀 중요하지 않다는 듯 고요히 책에 침잠해 있는 사람. 이 모습이 아름답게 구현된 소설이 서머싯 몸의 《면도날》이다. 화자인 '나'는 어느 날 '래리'라는 청년이 도서실에 앉아 책 읽는 모습을 본다. 이른 오전에 책을 읽기 시작한 래리의 독서는 끝날 줄 모르고 '나'가 도서실을 벗어나는 늦은 오후까지 이어진다. 궁금함을 참지 못해 저녁에 다시 도서실을 찾은 '나'의 눈에는 여전히 같은 자리에 앉아 책을 읽는 래리가 보인다. '나'는 래리의 모습에서 "참으로 놀라운 집중력"을 본다.

만약 래리가 실제 인물이고 그의 모습을 기독교 역사상 가장 위대한 사상가라 불리는 아우구스티누스(354~430년)가 봤다면 어떻게 반응했을까. 역시 래리의 집중력에 찬사를 보냈을지 모르지만, 그보다는 다른 점에 더 주목하지 않았을까. 바로 래리가 묵독을 하고 있다는 사실에 말이다. 아우구스티누스는 래리가 책을 읽을 때 소리를 내지 않는 점이 신기해 하루종일 도서실을 들락날락하며 지켜봤을지도 모른다.

> 책을 읽을 때 그의 두 눈은 책장을 뚫어져라 살 피고 가슴은 의미를 캐고 있었지만, 그의 목소리 는 들리지 않았고 혀도 움직이지 않았다. (중략) 그래서 그를 방문할 때면 우리는 종종 이런 식으 로 침묵 속에서 독서 삼매경에 빠진 그를 발견하 곤 했다. 그는 절대로 큰 소리를 내어 글을 읽지 않았다.

《고백록》에서 아우구스티누스가 묵독하는 사람을 묘 사한 대목이다. 글을 읽게 된 이래 인류는 오랫동안 음독을 했다. 방 안에서 혼자 읽든, 거실에서 친구들 과 함께 읽든, 개울가 바위에 앉아 읽든, 도서관에서 읽든 소리 내어 읽었다. 간간이 묵독하는 사람이 있었 을 테지만 알베르토 망구엘의 《독서의 역사》에 따르 면 아우구스티누스의 《고백록》이 묵독이 명확하게 기 록된 첫 예다.

묵독은 10세기가 넘어서 널리 자리잡기 시작한다. 독서가들은 집 안 어딘가의 아늑한 공간으로 숨어 들어가 은밀하게 책을 읽으며 묵독의 장점을 발견한다. 음독을 할 경우 생각이 산만해질 가능성이 큰 데 비해, 묵독은 생각을 한곳으로 모으기에 좋았다. 19세기 사상가 랠프 왈도 에머슨은 이렇듯 묵독 예찬을 했다. "책과의 의사 소통은 입술과 혀끝이 아니라 붉어진 두 뺨과 두근거리는 가슴으로 이루어지는 법이다."

　　이제 우리는 래리처럼 당연하단 듯이 묵독을 한다. 학교에서 선생님이 교과서를 읽으라고 일으켜 세우거나, 국회에서 몇 시간에 걸쳐 필리버스터를 하지 않고서야 음독할 일은 거의 없다. 그렇다면 확실히 음독보다 묵독이 책 읽기에 더 나은 방법일까. 그렇지는 않은 듯하다. 상황에 따라, 사람에 따라 더 잘 맞는 방법이 있어 보인다. 자연과학자 최재천은 책을 읽을 때 성우처럼 소리 내어 읽는다고 한다. 덕분에 책을 굉장히 천천히 읽지만, 그래야 더 오래 기억에 남는다고.

　　나는 주로 묵독을 하지만, 가끔 음독을 한다. 《독서의 역사》에서는 음독을 할 경우 생각이 산만해진다고 했는데, 나는 반대로 생각을 모으기 위해 음독을 한다. 큰 소리는 아니지만 입술을 달싹이며 문자 하나 하나를 소리 내어 천천히 따라간다. 때로는 소리 없이 입술만 움직인다. 정신 집중이 안 될 때 주로 쓰는 방법이다. 이렇게 몇 페이지 읽다 보면 외부로 향하던 주의가 눈앞의 문장들로 모아진다. 웬만큼 몰입이 된다 싶으면 묵독으로 넘어간다.

독서모임이 늘듯 요즘엔 낭독모임도 곳곳에서 생기고 있다. 소리를 내는 행위에서 장점을 본 사람들이 있다는 얘기다. 옛사람들과 달리 우리는 책을 읽는 방법에 묵독도, 음독도 있다는 걸 안다. 하나만 고집할 이유는 없다.

1   2   3   4   5   6

7   8   9   10   11   12

"우리의 눈에는 비늘이 덮여 있습니다.
 경험이라는, 편견이라는, 이미 알고 있다는.
 좋은 책은 바로 그 비늘을 벗겨 줍니다."
이권우, 책 읽기부터 시작하는 글쓰기 수업

---

monday

---

tuesday

---

wednesday

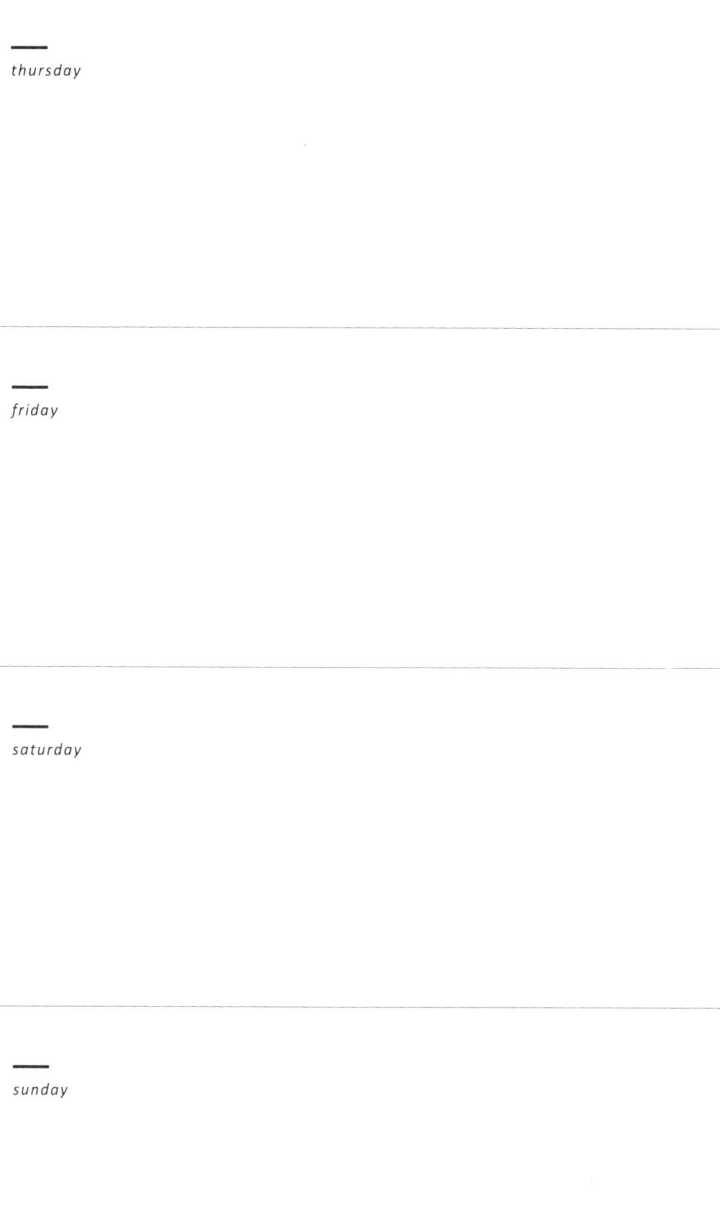

thursday

friday

saturday

sunday

34.

공감의 책 읽기

소설 《본질에 대하여》는 로맨틱 코미디 영화 〈노팅힐〉과 시작이 비슷하다. 라이언 고슬링을 닮은 젊고 잘생긴 자동차 정비사 아르튀르와 세계적인 영화배우 스칼렛 요한슨의 신분을 뛰어넘는 아찔한 사랑이 곧 펼쳐질 것처럼 보인다. 하지만 이 소설을 쓴 사람은 그레구아르 들라쿠르. 알콩달콩 러브스토리를 썼을 리 없다. 반전을 기대하던 끝에 서서히 드러난 이 책의 주제는 '사랑에서 본질이란 무엇인가'였다.

　어쩌면 지금 이 시대에 가장 강력한 무기라고 할 수 있는 빼어난 미모를 타고난 남자와 여자가 있다. 그들이 서로를 마주했을 때 그들 눈에는 무엇이 보일까. 그러니까 하필이면 너무 아름다운 두 남녀가 사랑에 빠지면 그들은 서로에게서 무엇을 볼까. 더 정확히 말하면, 비록 외모는 아름답지만 내면엔 상처가 가득

할 때 그들은 상대가 자신에게서 무얼 봐 주길 바랄까. 소설은 '상처'라고 말한다. 사랑의 본질은 상대의 상처에 깊이 공감하는 데 있다고. 여자가 남자에게 상처를 털어놓자 남자는 여자를 꼭 끌어안는다.

> 그는 진심으로 슬펐다. (중략) 그녀가 느꼈을 그 고통, 그 폭력에 대해 무슨 말을 할 수 있을까? 그가 할 수 있는 유일한 일, 그의 마음을 담을 수 있는 유일한 표현은 바로 그녀를 끌어안아 주는 것이었다. 정성을 다해서.

그레구아르 들라쿠르의 또 다른 소설《행복만을 보았다》에서 화자 '나'는 더없이 행복했던 그날, 딸에게 총을 쏴 턱을 날려 버린다. 이어 아들에게도 총을 쏘려 하는데 죽은 줄 알았던, 죽어야 했던 딸이 눈을 뜬다. 피범벅이 된 딸을 보고 '나'는 아들에게 어서 구급차를 부르라고 외친다. "나는 딸한테 몹쓸 짓을 하고 어린 아들한테도 몹쓸 짓을 하려고 했던 아빠였다." 그가 그랬던 이유는 두 아이가 행복한 기억을 안고 떠나길 바라서였다. 아이들을 너무나 사랑해서 그 아이들을 죽이려 했던 것이다.

말도 안 되는 짓을 저지른 아빠를 독자는 이해할 수 있을까. 이해하게 된다. 그의 딸이 '개 같은 사건'이라고 말한 바로 그날의 사건은 옹호할 수 없지만, 그가 왜 그랬는지는 이해하게 된다. 소설이 덤덤하게 그려 놓은 그의 슬픔, 외로움, 상처를 통해 딸을 죽이려 했던 아빠의 손을 꼭 잡아 주고 싶을 만큼 그에게 공감하게 되는 것이다. 소설이 페이지마다 눈물처럼 뿌려 놓은 이런 글들 때문에.

　　과연 (비겁함은) 어디서 비롯되는 걸까? 어머니의 자살, 아버지의 부재, 날 때리거나 내게 거짓말하는 어른까지 갈 필요도 없어. 꼭 비극이나 피를 봐야 하는 것도 아니야. 그저 하굣길에 선생님한테 들은 기분 나쁜 말 한마디, 애정이 담기지 않은 엄마의 입맞춤. 아무도 날 보고 웃어 주지 않는다는 사실만으로도 충분한 거야. 날 사랑하지 않는 누군가만 있으면 되는 거지.

우리는 '공감받기' 위해 책을 읽는다. 사랑 앞에서 아름다운 두 연인이 바랐던 것, 사랑하는 사람이 내면에 아픔을 지닌 한 명의 인간으로 나를 바라봐 주는 일,

이는 우리도 사랑하는 사람에게 바라는 일이다. 그래서 남자가 여자를 끌어안을 때 우리는 우리 자신이 공감받는 기분을 느낀다.

우리는 '공감하기' 위해서도 책을 읽는다. 공감한다는 건 무슨 뜻일까. 남이 나를 헤아려 줄 때 공감받는 것이라면, 내가 남을 헤아려 줄 때 공감하는 것이다. 나와 비슷한 구석이라곤 없는 인간, 딸을 총으로 죽이려 했던 몹쓸 인간이지만 상처받았다는 점에서는 나와 다를 바 없는 한 개별적 존재를 내 경험을 뛰어넘어 헤아리게 되었을 때 우리는 그 사람에게 공감했다고 느낀다.

살아가는 데는 두 가지 공감이 다 필요하다. 남에게 헤아림 받고, 남을 헤아리는 경험. 인간의 보편성에 다가가고 동시에 인간의 개별성을 받아들이는 경험. 더 많이 공감받을수록 나 자신을 긍정하게 되고, 더 많이 공감할수록 타인을 긍정하게 된다. 타인에게 향했던 이해의 실마리가 돌고 돌아 나를 이해할 근거로 제시되었을 때 우리는 우리 모두가 연결되어 있음을 알게 된다. 뛰어난 책은 우리의 공감 능력을 증폭시켜 인간 모두를 연결한다.

1   2   3   4   5   6

7   8   9   10   11   12

"인생 역시 이야기라면 마찬가지리라.
 이 인생은 나의 성공과 실패에는 관심이 없다."
 김연수, 소설가의 일

---

monday

---

tuesday

---

wednesday

35.
—

성공과 실패를 뛰어넘는 책 읽기

나를 객관적으로 보고 싶을 때면 재미있는 상상을 하곤 한다. 나를 소설 속 인물로 그려 보는 것이다. 어떤 상황을 설정해 놓고 그 속에 나를 놓아 보면 나라는 인물을 꽤 자세히 관찰할 수 있다. 소설에 등장한다면 나는 어떤 인물일까? 주인공이 되기에는 턱없이 밋밋한 삶을 살고 있으니 주변 인물 정도겠지? 주인공 주변에서 일을 저지르는 사람은 아닐 거야. 아무래도 입바른 소리로 짜증을 유발하는 사람이려나?

그간 소설을 읽으며 인물들을 파악했던 것처럼 자연스레 거리감이 생기면서 나에 관한 객관적인 정보가 모아진다. 나는 《삶의 한가운데》의 주인공 니나가 될 수는 없을 거야. 그녀를 동경하는 주변 인물 정도가 되겠지. 그렇다면 니나와 나의 차이점은 뭘까? 니나가 온몸을 부딪쳐 삶을 생생하게 살아 낸 사람이라면, 나는 뒤늦게 생생함이라곤 없었던 지난 삶을 아쉬워하는 사람이겠지.

그렇다면 소설가는? 한낱 독자인 나도 이럴진대, 소설가는 어떨까? 혹시 소설가들도 소설 속 이야기에 어떤 식으로든 연루되고 싶어 하지 않을까. 소설에 본인 이름을 딴 인물을 등장시키는 작가가 있는 걸 보면 그들도 이야기를 만드는 일에서만 의미를 찾지는 않는 듯한데 말이다. 이 궁금증을 풀어 준 사람이 소설가 김연수다. 《소설가의 일》에서 그는 소설 속 이야기에 영향을 받을 뿐 아니라 삶의 태도까지 바꾸는 소설가가 실제로 있다고 말한다. 바로 자기 자신이라고.

김연수가 말하길 소설 속 이야기는 "자기에게 없는 것을 얻기 위해 투쟁할 때마다" 발생한다. 소설에 이미 모든 걸 다 가진 인물이 나오지 않는 이유다. 그 인물이 투쟁하는 모습, 김연수 식으로 말하면 '생고생'하는 모습을 보기 위해 우리는 소설을 읽는다고도 할 수 있다. 그런데 이때 생고생이 어마어마해지려면 하나의 조건이 필요하다. 인물이 "더 많은 걸, 더 대단한 걸" 원해야 한다. 바로 이 지점에서 김연수가 깨달은 바는 이렇다.

어쨌든 결말은 해피엔딩이 아니면 새드엔딩이다. 원하는 걸 가지거나, 가지지 못하거나, 그게 해피엔딩이든 새드엔딩이든 엔딩이 찾아오면 이야기는 완성된다. 이야기는 등장인물이 원하는 걸 얻는지 얻지 않는지에 대해선 신경 쓰지 않는다. 인생 역시 이야기라면 마찬가지리라. 이 인생은 나의 성공과 실패에는 관심이 없다. 대신에 얼마나 대단한 걸 원했는가, 그래서 얼마만큼 자신의 삶을 생생하게 느꼈으며 또 무엇을 배웠는가, 그래서 거기에는 어떤 이야기가 담겼는가, 다만 그런 질문만이 중요할 것이다.

나는 이 문장들을 몇 번이고 읽었다. 멋진 해석이다. 어차피 인생은 한번의 시도일 뿐이다. 어떤 시도를 하다 죽느냐가 우리 삶을 결정짓는다. 북극성을 향해 항해했던 수많은 사람들 가운데 북극성에 닿은 사람은 아무도 없다. 해피엔딩이 아니다. 하지만 상관없다. 그들의 인생은 그들이 북극성을 향해 나아갔다는 사실만으로 충분히 빛나니까.

나를 소설 속 등장인물로 그려 볼 때 바로 이 '가능성'이 가장 도움이 된다. 성공이냐 실패냐의 이분

법에서 벗어나게 해 주는 또 다른 해석의 가능성, 한 번의 성취, 두 번의 실수 따위로 한 사람의 삶을 해석하지 않을 가능성, 지금 이 순간에 충실하면서도 이 순간의 승패에 연연하지 않게 해 주는 가능성. 나는 소설을 읽으며 터득한 제3, 아니 제4, 제5의 시선으로 등장인물이 된 나의 삶을 바라보는 연습을 하곤 한다.

등장인물로서 내 삶은 결코 스펙터클하진 않지만 그런대로 봐 줄 만한 구석은 있어 보인다. 느슨한 노력을 꾸준히 기울인다는 점. 이 방면으로 평균 정도의 점수는 줄 수 있지 않을까. 가진 건 없는 주제에 제법 느긋하게 구는 점도 마음에 든다. 만약 나 같은 인물이 소설에 나온다면 '저 인물은 뭘 믿고 저리 느긋하지?' 하고 궁금해 소설을 끝까지 읽을 수도 있겠다. 마지막에 가서야 '실은 믿는 구석이 하나도 없었다'는 사실을 알게 되는 것이 소소한 반전이라면 반전이겠지. 믿는 구석 없이도 느긋하게 살다 간 삶. 소설 엔딩에서 나라는 인물의 삶이 이렇게 요약돼도 좋을 것 같다.

1 2 3 4 5 6

7 8 9 10 11 12

"책벌레들은 보통 책 한 권 혹은 그 이상을 읽은 것으로
여행을 다 한 셈 친다."
잔홍즈, 여행과 독서

---

monday

---

tuesday

---

wednesday

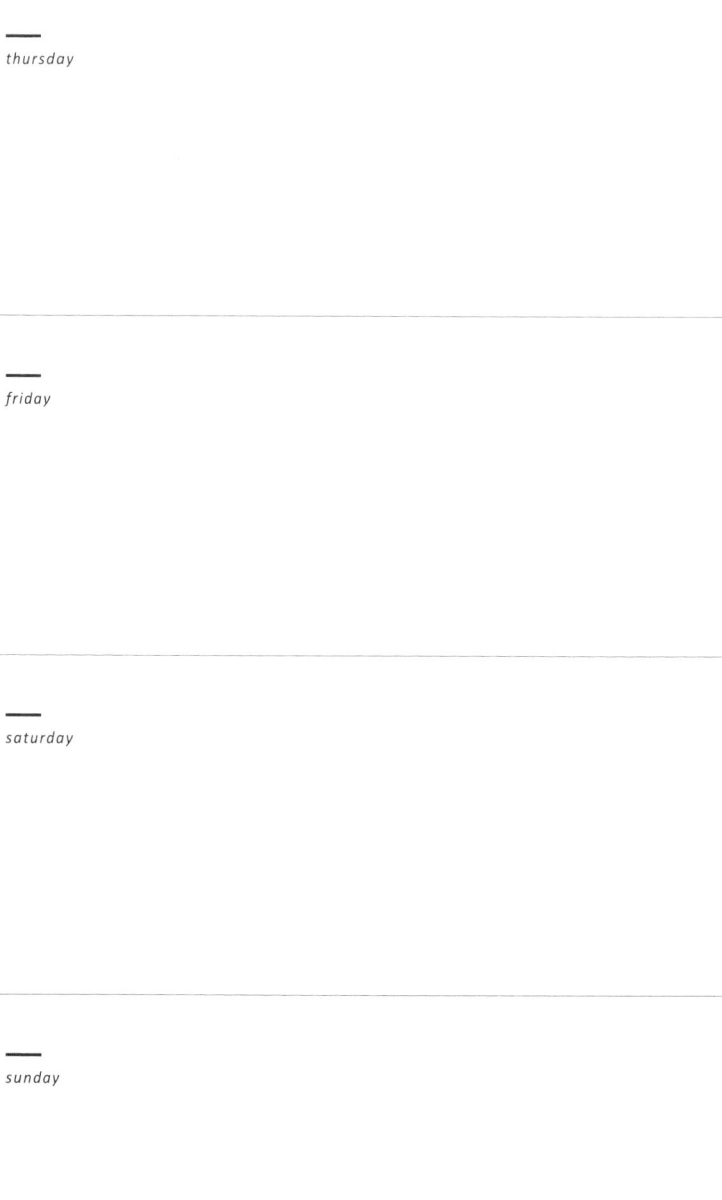

thursday

friday

saturday

sunday

36.
휴가 때 읽기

7월 하순, 물냉면을 맛있게 먹고 근처 펍으로 자리를 옮겼다. 씁쓰름해서 더 맛있는 페일에일 맥주를 홀짝이며 이런저런 이야기를 나눴다. 통유리창 밖은 쳐다보기만 해도 후덥지근한 게 '여름, 여름' 했다. 시원한 에어컨 바람을 맞으며 좋은 사람들과 앉아 있자니 지금 이곳이 내겐 휴양지다. 누군가가 물었다. "여름휴가 땐 다들 뭐 해?" 모두 딱히 결정된 건 없어 보였다. "어디 갈 수도 있고, 안 갈 수도 있고."

이런 우리였지만 지난여름에 떠났던 여행 이야기는 재미있게 흘렀다. 어느덧 늦은 밤이 되었고 나는 뒤늦게야 이번 여름휴가 때 뭘 할지 궁리해 봤다. 에이, 모르겠다 싶었다. 이번에도 하루 종일 배 깔고 누워 책이나 읽으면 딱 좋을 것 같다.

안 그래도 매일 책을 읽고 있으면서 이게 또 무

슨 소리냐 할 수 있겠다. 실은 놀러 가고 싶으면서 여 건이 되지 않으니(이 책을 여름 내내 써야 한다) '책이 나 읽겠다고' 그러는 게 아니냐고 의심할 수 있겠다. 미심쩍은 상황이긴 하지만 정말 난 이번 여름휴가 때 다른 그 어딘가보다 내 방바닥으로 놀러 가 배 깔고 엎 드려 바다나 강이 나오는 소설을 읽고 싶다. 꼭 바다 나 강이 나오는 소설을. 조건은, '하루 종일'이어야 한 다는 것이다.

> 하루 종일 앉아서 조용히 책을 읽을 수 있는 시간 이 있다는 생각만큼 기싱(영국 문학가)을 즐겁게 하는 일은 없었다. 책을 좋아하는 사람이라면 누 구든 실현이 되든 안 되든 '아침부터 밤까지' 책을 읽으리라 꿈꾼다. (홀브룩 잭슨, 〈애서가는 어떻 게 시간을 정복하는가〉, 《천천히, 스미는》)

예전에는 휴가 때가 오면 바삐 다녔다. 여름휴가나 연 말휴가가 오기 몇 개월 전부터 가야 할 곳을 점찍어 놓 고 시간아 빨리 흘러라, 기다렸다. 지금은 다르다. 삶 의 리듬을 한 템포 늦추는 일로 휴가기간을 채운다. 조 금 더 느긋해지는 것이다. 더 적게 움직이고, 더 적게 생각하며, 애써 무언가를 하지 않는다. 만약 무언가를 해야 한다면, 그건 내가 정말 하고 싶어 하는 일이어야 한다. 그러니까, 뒹굴거리기나 책 읽기.

작년에는 선풍기를 머리맡에 틀어 놓고 엎어져 마크 트웨인의 《허클베리 핀의 모험》을 읽었다. 예년보다 훨씬 뜨거워진 공기를 이겨 내기 위해선 시원한 세계가 필요했다. 뗏목을 타고 미시시피 강을 유유히 흘러 내려가는 세계 같은. 냉장고에 과일 몇 가지와 저녁 때 마실 맥주를 쟁여 놓고 아침부터 늦은 밤까지 헉과 짐의 여행을 따라다녔다. 엉뚱한 아이들이 당돌하면서도 지혜롭게 세상과 맞서는 장면은 볼 때마다 통쾌했다.

지금도 크게 달라지지 않았지만 작년엔 이러저러한 걱정이 많았다. 휴가 때만이라도, 그러니까 편히 책을 읽을 때만이라도 잠시 걱정하지 않기로 했다. 머릿속에 들어차 있는 잡념들은 우선 잊었다. 마무리 지어야 할 일들도 당분간은 생각하지 않기로 했다. '하던 일을 멈추고 잠깐 쉰다'는 휴식의 본뜻을 기려 몸도 마음도 정신도 쉬었다.

올해에도 한 이틀 정도 느릿하게 지내려 한다. 노트북은 닫고, 의자는 넣고, 방바닥에는 푹신한 베개

하나를 놓고, 얼굴만 한 선풍기는 오른쪽에, 손바닥만 한 선풍기는 왼쪽에 세워 두고, 세상에서 가장 편한 옷을 입고 엎드려서. 그리고 심혈을 기울여 고른 책을 읽을 것이다. 바다 내음 물씬 나는, 시원하거나 서늘한 책을.

홀브룩 잭슨은 〈애서가는 어떻게 시간을 정복하는가〉라는 글에서 첫 문장과 마지막 문장을 같은 문장으로 채웠다. "책 읽기 좋을 때는 아무 때나다." 나는 이 문장의 진실성을 티끌만큼도 의심하지 않지만, 그래도 이렇게 말해 보고 싶다. "책 읽기 좋을 때는 아무 때나지만, 그럼에도 가장 좋을 때는 휴가 때이다."

1 2 3 4 5 6

7 8 9 10 11 12

"책은 인생의 지도다."
이윤기, 무지개와 프리즘

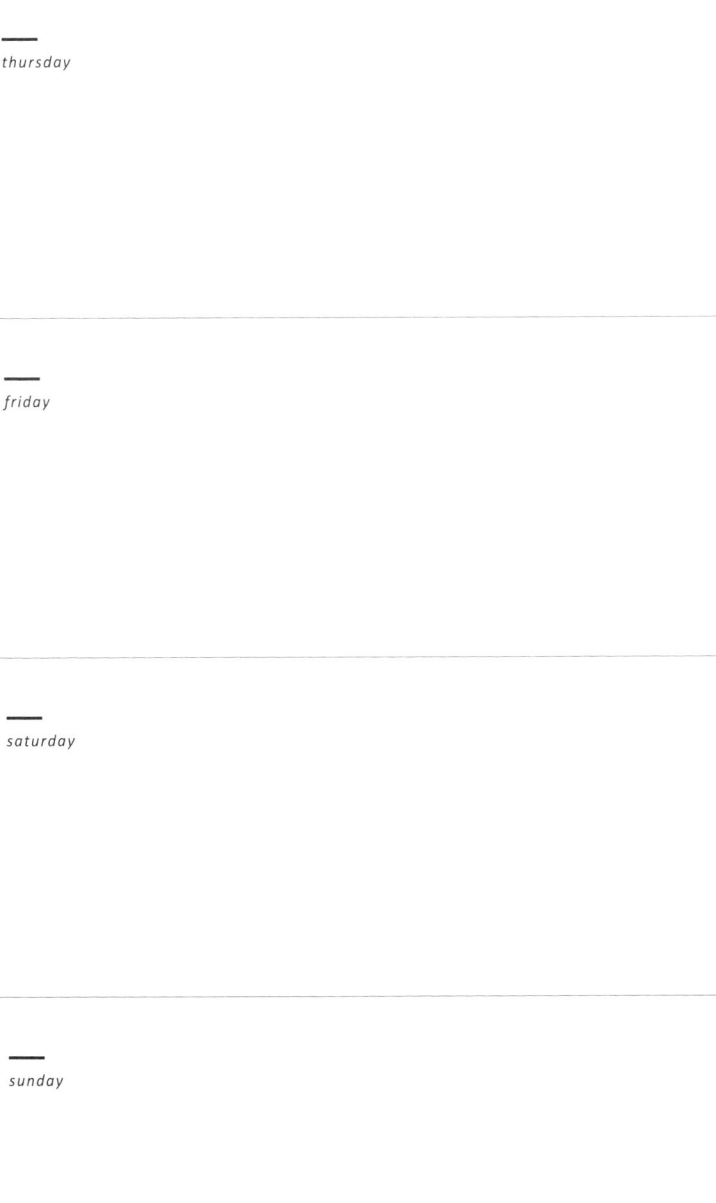

thursday

friday

saturday

sunday

37.

문장의 맛

국어를 가르치는 친구는 자연스럽지 않은 문장을 읽으면 무척 불편해한다. 비문을 발견하거나, 거들먹거리는 문장을 만나면 내용도 보지 않고 넘긴다. 예전에는 번역된 책을 신뢰하지 못해 주로 한국작가가 쓴 책만 읽었단다. 처음엔 친구가 좀 유별나다 생각했는데 지금은 내가 더하면 더했지 덜하진 않다. 나 역시 문장에 예민해진 탓이다.

　　　절뚝거리는 문장을 읽으면 정신이 피곤하다. 내용 때문이라도 끝까지 읽고 싶지만 어쩔 수 없이 중간에 포기하기도 한다. 심각할 정도로 엉킨 번역문은 말할 것도 없다(책을 읽다가 내용을 도통 이해하지 못하겠을 때, 우리는 우리의 이해도를 나무라지만 실제로는 번역이 이상한 경우가 많다). 이 문장이 왜 별로인지 정확히 설명할 순 없지만, 감각이 맞지 않아도 잘 읽지 못한다.

　　한때는 문장에 예민해진 내가 야속하기도 했다. 문장에 반응하다가 혹 글 읽는 재미를 잃지 않을까 싶어서. 하지만 시간이 흐를수록 마음을 놓을 수 있었다. 나는 그저 나쁜 문장 대신 좋은 문장을 찾게 됐을 뿐이고, 좋은 문장을 발견할 때마다 더 즐거워졌을 뿐이다.

　　글의 구성과 내용을 넘어서서 문장까지 예민하게 바라보니 그야말로 읽는 재미가 커졌다. '세련된' 한국어 문장을 구사하는 한국작가를 찾는 재미 또한 생겼다. 동사 '세련하다'의 뜻은 '서투르거나 어색한 데가 없이 능숙하고 미끈하게 갈고닦다'이다. 완벽한 문장을 구사하는 작가는 찾기 어려울지 모르나 적어도 문장을 '세련하는' 작가의 글은 분명 읽는 맛이 다르다.

　　그렇다면 문장 보는 눈은 어떻게 기를 수 있을까. 가장 좋은 방법은 좋은 문장을 쓰는 작가들의 글을 읽는 것이다. 나는 문장 하나를 놓고 며칠을 고민하는 집단으로 소설가가 먼저 떠오른다. 한국소설을 읽으며 문장을 알아보는 감을 길러 보면 좋겠다. 작가마다 스타일은 다르겠지만 꾸준히 읽다 보면 잘 다듬어진 문장을 알아보는 눈과 본인의 문장 취향도 찾을 수 있다.

나는 소설가 이기호의 문장을 좋아한다. 그의 소설을 다 읽은 건 아니지만, 읽은 건 다 좋았다. 소설집 《웬만해선 아무렇지 않다》에서 '어떤 상담'의 첫 문단을 옮겨 본다. 군더더기나 꾸밈이 없이 담백하다.

아침저녁 불어오는 스산한 바람이 어떤 사람들에 겐 아, 이제 또 어느새 가을이 왔구나 하는 신호로 읽히겠지만, 글쎄, 초등학교 교사인 나에겐 아, 이제 또 그놈의 학부모 상담 주간이 돌아오겠구나 하는 압박감으로만 다가온다. 4월 둘째 주와 9월의 셋째 주. 해마다 돌아오는 이 학부모 상담 주간 때문에 나는 심각하게 교직을 떠날까 하는 마음까지 가졌던 게 사실이다.

〈씨네21〉 기자 김혜리의 글도 좋다. 스타일리스트의 문장이라고 할 수 있는데, 긴 문장과 짧은 문장의 호흡이 척척 맞아 읽는 재미를 느낄 수 있다. 영화 〈문라이트〉에서 가장 아름답고 설레었던 한 장면을 그녀는 다음처럼 글로 그린다.

애틀랜타에서 마이애미까지 먼 길을 운전해 온 샤이론이 식당에 들어설 때 딸랑거리는 방울 종 숏으로 시작해 샤이론과 케빈이 가게 문을 닫음과 동시에 울리는 방울 종 숏으로 마무리되는 재회의 식사 시퀀스는, 그 자체로 밀봉된 낙원이다. 시간의 밀도는 올라가고 심장박동이 느려지고 진실이 옷깃을 푼다. 그래, 어쨌든 저들은 무사히 어른이 됐어. 이렇게 될 일이었어. 여태 샤이론의 30년 인생을 따라온 관객은 처음으로 휴식을 맛본다. (((〈씨네21 1097호〉, '김혜리의 영화의 일기')

1 2 3 4 5 6

7 8 9 10 11 12

"책들이 우리 서가에 쌓이면서 그 한 권 한 권이
 우리 삶의 이야기의 한 장(章)을 구성하게 된다."
 앤 패디먼, 서재 결혼시키기

---

monday

---

tuesday

---

wednesday

thursday

friday

saturday

sunday

38.

—

부모가 책을 읽으면

부모가 책을 읽으면 자식도 따라 읽는다는 말이 있다. 정말 그럴까. 확률은 높겠지만, 다 그런 것 같진 않다. 간혹 다독가에다 작가인 어느 부모가 자식이 책을 읽지 않아 속상하다며 쓴 글을 읽고는 하니까.

내 경우로 보면 100퍼센트 확률이긴 하다. 아무리 곰곰이 생각해 봐도 내가 책을 읽게 된 건 부모님이 책을 읽어서다. 언니가 말을 또박또박할 수 있을 만큼 컸을 때 이웃집 아주머니가 물었단다. "너희 엄마는 집에서 뭐하시니?" 언니의 대답은 이랬다. "책 보거나 자요." 엄마가 침대나 소파에 누워 책을 읽는 모습은 그때나 지금이나 눈에 선하다. 그렇기에 책벌레 패디먼 가족의 일원인 앤 패디먼이 《서재 결혼시키기》에서 한 말을 이해한다.

내 딸은 일곱 살인데, 다른 2학년 부모 가운데는 자식이 재미 삼아 책을 읽지 않는다고 불평하는 사람도 있다. 그들 집에 가 보면 아이들 방에는 값비싼 책들이 빽빽하지만, 부모의 방은 텅 비어 있다. 그 아이들은 내가 어렸을 때 경험한 것과는 달리 자기 부모가 책을 읽는 모습을 보지 못한다.

밤 10시만 되면 절간같이 조용해지던 우리 집 분위기도 나의 독서 편력에 한몫했을까. 아빠는 교육 방침이랄 게 딱히 없었는데 오직 하나, TV는 마음대로 못 보게 했다. 언니와 나는 9시 이후로는 특별한 사정이 있지 않고는 TV를 켜지 못했다. 부모님도 9시 뉴스 정도만 보고 10시가 되면 TV를 껐다. 그 시각 이후로 우리 집엔 정적이 흘렀고, 난 이 정적이 너무 부담스러워 가끔은 밤에 내 방보다 친구 집 거실에 있는 게 더 편할 정도였다.

살금살금 걸어 다녀야 할 만큼 고요한 집에서 할 수 있는 일이란, 잠을 자거나 책을 읽는 것뿐이었다. 언니는 라디오 듣기를 좋아했지만 나는 그마저도 좋아하지 않아 마땅히 할 일이 하나도 없었으니까. 나는 내 방에, 언니는 언니 방에, 부모님은 부모님 방에,

또는 엄마는 거실에서 서로 각자 하던 일을 하다 잠에 들던 게 우리 집의 밤 풍경이었다.

부모님은 책을 읽으라 강요하지도 않았다. 영화에서처럼 밤에 책을 읽어 주지도 않았다. 부모님 입장에선 그냥 결혼 전부터 해 오던 취미생활을 지속했을 뿐일 테다. 나는 그 모습을 보며 (워낙 할 게 없던 터라) 쫄래쫄래 따라했을 뿐이고. 그러니 내 결론은 이렇게 날 수밖에 없다. 내가 책을 읽게 된 건 역시 부모님이 책을 읽어서라고.

《서재 결혼시키기》에는 책벌레 가족이 서로 위로를 주고받는 뭉클한 이야기도 나온다. 작가인 아버지는 늙어서 여든여덟이 되었고 딸 앤 패디먼은 부모의 뒤를 이어 글을 쓰는 사람이 되었다. 그러던 어느 날 아버지가 망막 괴사로 시력을 잃는다. 병상에 누운 아버지 곁을 지키는 앤. 자정이 넘은 시각, 여전히 현직에서 편집자이자 비평가로 일하던 아버지는 이렇게 말한다.

"감상적이 되고 싶지는 않지만, 읽거나 쓰지 못한다면 나는 끝난 것이라고 봐도 좋다."

그런 아버지에게 딸은 작가와 책에 얽힌 이야기를 들려주며 마음을 표현한다.

"밀턴도 실명한 다음에《실낙원》을 썼잖아요."

그러자 아버지는 밀턴이 쓴 소네트 〈나의 실명에 대해서〉를 떠올리고 딸은 집으로 돌아가 전화로 아버지에게 이 아름다운 소네트를 읽어 준다. 소네트를 조용히 듣던 아버지는 말한다.

"그렇지, 그렇지. 어떻게 내가 그걸 잊었을까?"

나도 위로받은 경험이 있다. 서른까지 다닌 회사를 그만두고 싶다고, 너무 지쳐서 더는 못 다니겠다고 토로했을 때, 부모님은 나를 말리는 대신 언젠가 읽은 책 내용을 들려주셨다.

"얼마 전에 책을 읽었는데 그 책에서 그러더라. 우리 때랑 너네 때는 시대가 다르다고. 너네는 죽을 때까지 네다섯 가지 직업을 거칠 거래. 너는 이제 겨우 첫 직장을 그만둘 뿐이니까 괜찮을 거야. 이젠 하고 싶은 걸 해 봐."

1   2   3   4   5   6

7   8   9   10   11   12

"나는 깊이 파기 위해 넓게 파기 시작했다."
 스피노자

---

monday

---

tuesday

---

wednesday

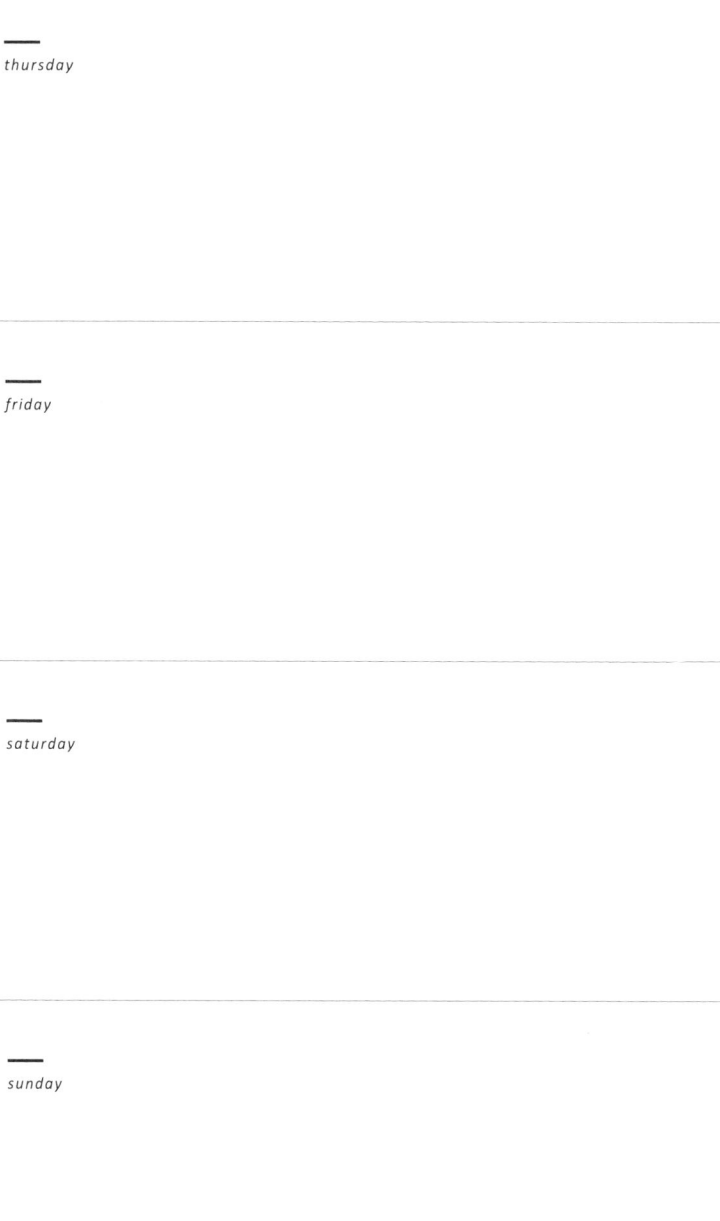

thursday

friday

saturday

sunday

39.

넓게 읽은 후 깊게 읽기

어느 문화평론가에게 지난 6개월간의 독서목록을 보여 준 적이 있다. 그는 동양 고전을 바탕으로 인문학 책을 펴내고 강의도 하는 사람이었다. 평론가는 목록을 훑어보고 나서 이렇게 조언했다. "책을 다양하게 읽네요. 좋아요. 다만, 집중 분야를 선택해서 그 분야 책에 더 시간을 써 보세요."

평론가의 말을 듣고 차근차근 목록을 되짚어 보니 확실히 고르게 읽고 있기는 했다. 문학과 비문학이 적당한 비율로 나뉘어 있었고, 경제경영 서적은 부족했지만 인문, 사회, 과학 분야는 골고루 읽었다. 그렇기에 집중 분야가 두드러지지 않아 평론가의 눈에는 다소 중구난방으로 보이기도 했을 터였다.

책을 다양하게 읽기 시작한 지 얼마 되지 않던 때였다. 그전의 나는 '좁은' 독서를 했다. 주로 소설과 에세이를 읽었고 소위 인문학으로 분류된 책은 많이 읽지 않았다. 사회, 철학, 심리 등 비문학 쪽으로 손을 뻗은 지 겨우 몇 년이었다. 일부러 넓게 읽으려던 참이어서 평론가의 조언은 우선 마음에만 담아 두기로 했다.

"나는 깊이 파기 위해 넓게 파기 시작했다." 스피노자의 유명한 말이다. 당시 내 상황을 이 문장으로 대변할 수 있지 않을까. 스피노자의 말은 철학뿐 아니라 어느 분야에나 적용된다. 한 분야에서 정점에 오른 사람이 처음부터 그 분야만 파고들었을까. 대학 공부만 예를 들어도 1학년 때는 개론서로 분야 전반의 이해를 높이고 고학년이 될수록 세부 분야로 좁혀 들어간다. 먼저 '넓이'가 있고 그다음에 '깊이'가 있다.

독서도 마찬가지다. 그래서 나는 우선은 넓게, 넓게 읽으라고 말하고 싶다. 소설을 주로 읽어 왔다면, 이제는 비소설을 읽는 식으로. 과학서를 몇 권 읽었으면, 심리 에세이를 그다음에 읽는 식으로. 넓이가 충분히 갖춰진 뒤에 깊이 파고드는 독서를 시작하면 된다.

《이기적 유전자》도 평론가에게 보여 줬던 목록에 포함되어 있었다. 책에서 리처드 도킨스는 지구상 모든 생명체는 유전자를 실어 나르기 위해 존재하는

'생존 기계'일 뿐이라고 말한다. 우리의 존재 이유가 단지 유전자를 후대에 넘겨 주기 위해서라는 새로운 앎. 독실한 종교인들은 이 '앎'에 극심한 거부반응을 보이지만, 나는 내 안의 유전자를 의식하게 돼서 좋았다. 우주가 팽창하고 있다는 사실을 떠올릴 때만큼이나 내 안에 유전자가 잔뜩 들어차 있다는 생각에 나라는 존재의 짐을 덜 수 있었다.

책에 나온 밈(meme) 이론도 인상적이었다. 문화유전자 밈은 리처드 도킨스가 이 책에서 처음으로 고안한 신조어다. 인간은 세대에 걸쳐 진화하기도 하지만, 밈 덕분에 한 세대 내에서도 진화할 수 있다고 도킨스는 말한다. 밈이 이 뇌에서 저 뇌로 뛰어다니며 짧은 시간 내에 사람들을 한꺼번에 진화시킨다는 것이다.

> 밈의 예에는 곡조, 사상, 표어, 의복의 유행, 단지 만드는 법, 아치 건조법 등이 있다. (중략) 어떤 과학자가 반짝이는 아이디어에 대해 듣거나 읽거나 하면 그는 이를 동료나 학생에게 전달할 것이다. 그는 논문에서도 강연에서도 그것을 언급할 것이다. 이 아이디어가 인기를 얻게 되면 이

뇌에서 저 뇌로 퍼져 가면서 그 수가 늘어난다고 말할 수 있다.

밈은 서로 경쟁하기도 한다.

한 밈이 어떤 사람의 뇌의 집중력을 독점하고 있다면 '경쟁자'의 밈이 희생되는 것은 틀림없다.

이번에 이 책을 다시 읽으며 이 문장을 책을 넓게 읽은 후 깊게 읽어야 하는 이유로 삼기로 했다. 한 권의 책이 전해 준 밈이 내 사고를 독점하기 전에 밈을 더 다양하게 획득해 놓는 지혜, 이들을 조율하고 선별할 수 있는 능력이 생겼을 때 하나의 밈에 의도적으로 집중하는 현명함. 독서가의 유연한 사고는 이렇게 길러질 터였다.

1   2   3   4   5   6

7   8   9   10   11   12

"당신의 독서목록은 그 자체로
당신의 자서전이고 영혼의 연대기이다."
김경욱, 위험한 독서

---

monday

---

tuesday

---

wednesday

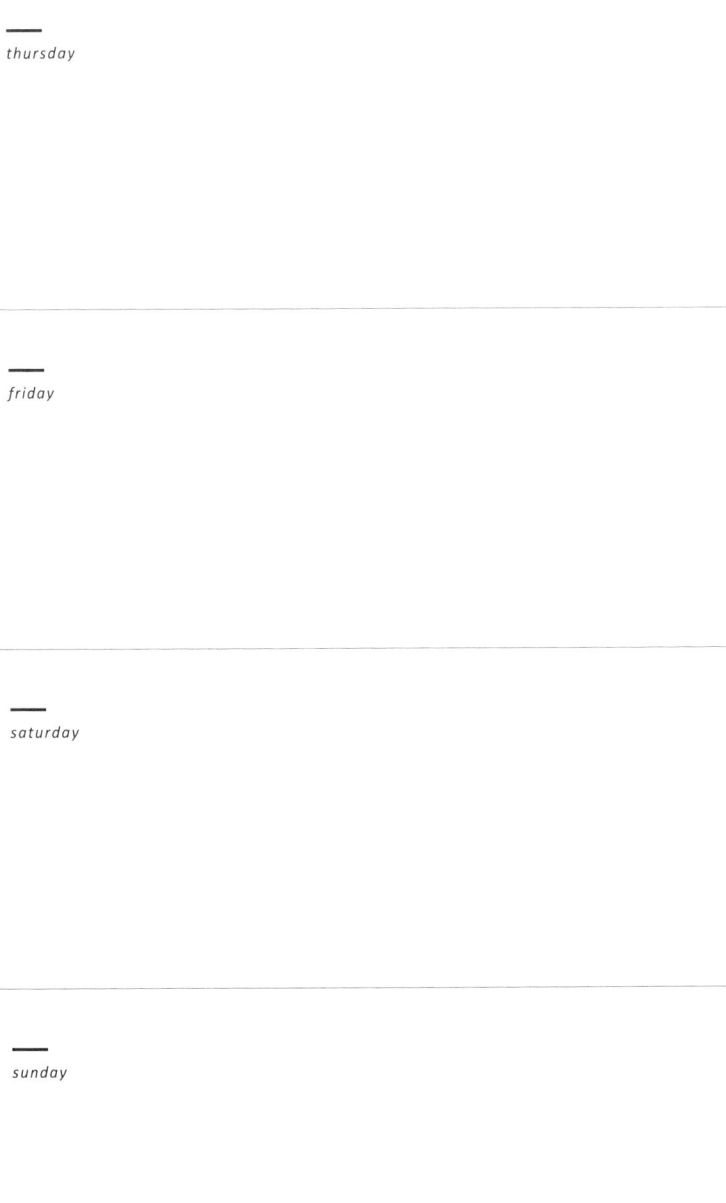

thursday

friday

saturday

sunday

40.
—
독서목록 작성하기

한 달 단위로 책 목록을 작성한다. 책을 다 읽고 나면 책 제목을 적고, 제목 앞에는 번호를 매긴다(번호를 적어 넣으면 이번 책이 이달에 다섯 번째 읽은 책인지, 열 번째 읽은 책인지 한눈에 알 수 있어 편하다). 읽은 책이 뭔지 정도는 기억해 두자고 시작한 일이 나중에는 여러모로 도움이 됐다. 목록을 작성하지 않았다면 결코 몰랐을 내 독서 패턴과 읽는 속도가 절로 파악됐고, 때로는 목록을 작성하고 있다는 사실 자체가 동기부여가 되어 책을 더 읽었다.

얼마 전에 만난 지인도 목록을 작성한다고 했다. 몇 달 전에 만났을 때 그가 영화목록을 작성한다는 사실을 알았다. 서로 어떤 영화를 재미있게 봤는지 이야기를 하는데 그가 갑자기 스마트폰을 꺼내더니 영화목록을 죽 살폈다. 평소 예술영화 또는 독립영화로 분류되는 영화를 즐겨 보는 그는 나에게 추천해 줄 만한 영화를 찾고 있었다. 그러더니 고심 끝에 짝을 찾지 못한 사람은 동물이 된다는 살벌한 영화 〈랍스터〉를 추천해 줬다.

　이번에 만났을 때는 혹 독서목록은 따로 정리해 놓지 않느냐고 내가 먼저 물었다. 그는 그럴 리 있겠느냐는 표정을 살짝 짓고는 스마트폰을 꺼내 메모앱을 당당히 보여 줬다. 특이하게도 소설만 기록돼 있었다. 왜냐고 묻자 그는 고개를 갸웃거리며 "제가 아무래도 문학을 좋아하니까 그런 거 아닐까요" 하고 대답했다. "전 목록을 채우기 위해 독서하기도 해요" 하고 그가 덧붙여 말했다. 순간 나는 침을 꿀꺽 삼켰다. 그가 아직 하지 않은 말을 이어 할 수 있을 것 같았기에. "목록이 텅 비어 있으면 마음이 허전하니까요."

　한 달이 보름 정도 지났을 때가 가장 긴장된다. 지난 2주간의 독서를 총평하며 앞으로 2주간의 계획을 세워야 할 시간. 스스로 납득할 만한 상황이 아니라면 책 제목 앞에 3이나 4가 쓰여 있는 걸 나는 참지 못한다. 적어도 6이나 7은 돼야 이번 달 마지막 책 앞에 12나 14를 붙일 수 있을 것 아닌가. 참지 못하겠을 땐 어쩔 수 없다. 기분이라도 좋아야 하겠기에 나는 혼자

만 보는 목록에다 꼼수를 부린다. 이제 막 읽기 시작한 책이나 앞으로 읽을 책을 미리 목록에 올려놓는 것이다. 그리고 남은 2주 동안은 유독 얇고 쉬운 책을 신중하게 읽어 나가며 목록을 채운다. 바보 같은 짓인 줄 알면서 자주 이런다. 어찌 됐건 텅 빈 목록만큼은 정말 보기 싫으니까.

'지식인의 서재'나 '명사의 서재' 같은 인터넷 코너를 보면 각 글의 마지막 즈음에는 꼭 추천 책이 나온다. 어떤 식으로든 추천인의 삶에 큰 사건으로 다가온 책일 테다. 인생의 방향에 영향을 미쳤거나, 성찰의 기회를 준 책. 그런데 나는 '뭐뭐의 서재'에 언급되지 않는 책을 기억하고 싶었다. 지식인도, 명사도, 나도, 당신도 얼마 전까지 읽었지만 지금은 읽었다는 사실조차 잊은 책. 사실 우리가 읽는 책은 대부분 이런 책이다.

큰 사건 같은 책 사이사이에 놓여 있는 평범한 책. 하지만 읽을 때만큼은 우리의 생각과 기분을 장악한 책. 오른쪽 골목으로 향하던 발걸음을 왼쪽 골목으로 돌리고, 허전한 일상의 틈을 켜켜이 메워 준 책. 감정의 바닥을 드러낸 나에게 싫증을 내는 대신 곁에 앉아 이야기를 들려주고, 때로는 선생님처럼 근엄하게 조언도 해 준 책. 내가 책을 읽고 목록을 작성하는 이유는 이런 책들을 잊지 않기 위해서다.

《일상적인 삶》에서 장 그르니에는 "독서는 삶이라는 여정을 이끄는 이정표 같은 것"이라고 말했다. 책이 우리가 어디로 가야 할지 방향과 거리를 알려 준다는 것이다. 우리가 독서를 하는 가장 강력한 이유일 테다. 한편 독서는 우리가 목적지까지 가는 과정에서 만나는 벗이기도 하다. 일상을 지혜롭게 이겨 낸 사람만이 목적지에 도착해서 웃을 수 있다는 점에서, 나는 몽테스키외의 이 말을 좋아한다. "나는 한 시간의 독서로 누그러들지 않는 어떤 슬픔도 알지 못한다." 오늘의 내 슬픔을 잊게 해 준 책, 나는 기억하고 싶다.

1 2 3 4 5 6
7 8 9 10 11 12

"나 자신은 대체 어떤 사람인가,
나와 나 자신은 대체 어떤 관계를 맺고 있는가,
이런 것들을 알기 위해서 계속 책을 읽어 왔고
삶을 살아 왔던 것이다."
다치바나 다카시, 나는 이런 책을 읽어 왔다

---

monday

---

tuesday

---

wednesday

thursday

friday

saturday

sunday

41.

—

원하는 삶을 살기 위한 책 읽기

"너는 내 마음을 이해하지 못할 거야." 이렇게 말하면서도 친구는 자신의 이야기를 길고도 차분하게 들려줬다. 6년간의 결혼생활, 전세로 얻은 작은 아파트, 아이가 생기지 않아 고생한 이야기, 잘사는 주위 친구들에게서 느끼는 상대적 박탈감, 여기에 앞으로도 결코 원하는 삶을 살지 못하리라는 예감이 친구를 침울하게 했다.

친구의 말처럼 결혼하지 않은 내가 결혼한 친구의 고민을 완벽히 이해할 수는 없을 것이다. 최선을 다해 친구에게 "나 봐, 네가 이룬 걸 나는 이루지 못했지만 이렇게 잘 살잖아" 같은 말을 건넸지만 전혀 위로가 되지 않았을 것이다. 무엇보다 상대적 박탈감이 가장 큰 문제였다. 친구의 눈은 친구의 손이 닿지 않는 저 높은 곳 어디쯤에 머물러 있었다.

친구의 친구들이라고 해서 모든 걸 다 누리며 살고 있진 않을 거였다. "이 아파트에서 거실만 우리 거고 나머진 은행 거야"라던 말이 농담이 아닐 수 있고, 초등학교에 들어간 딸이 학교생활을 힘들어할 수도 있으며, 남편이나 아내와 대화하지 않은 지 일주일이 넘었을 수도 있다. 개중에 연락이 뜸한 몇몇 친구는 우리도 가끔 그러듯 요 근래 심한 부침을 겪고 있을지도 모른다. 친구의 친구들 역시 삶이 주는 작은 고난 속에서 묵묵히 살아가고 있지 않을까. 단지 말하지 않을 뿐.

주위 사람들은 앞으로 쭉쭉 뻗어 나가는데 나만 제자리를 맴도는 듯한 기분에는 나도 늘 사로잡힌다. 이런 기분은 특정한 상황에서만 찾아오지 않는다. 돈을 잘 버나, 못 버나, 좋아하는 일을 하나, 싫어하는 일을 하나 기분의 강도는 같다. 유독 풀리지 않는 문제 하나에 골몰하다 보면 그 문제가 내 삶만큼 커져 삶이 통째로 안 풀리는 것 같다. 내가 빠져 허우적대는 구덩이에선 다른 사람들의 삶에 드리운 그림자가 보이지 않는다. 어쩌면 애써 보지 않는 걸 수도 있다.

우리는 타인의 삶을 잘 모르기에 그들 삶에서 가장 잘 보이는 면만 보기 쉽다. 상대의 파마머리는 봐도, 구불구불한 마음 상태는 보지 못하듯이. 내 안에 고통이 있듯, 그 사람 안에도 고통이 있다. 내가 함부로 내 고통을 꺼내 놓지 않듯, 그도 웬만해선 고통을 꺼내 보이지 않는다. 그래서 우리는 늘 나보다 덜 고통받는 사람과 마주하고 있다고 오해하는지 모른다. 나의 고통은 키우고 남의 고통은 줄이는 데서 오는 오해이다.

이런 오해에서 벗어나기 위해 우리에겐 작가란 존재가 필요하다. 작가는 우리를 대신해서 고통을 말하는 사람이니까. 보통의 우리라면 약점 잡힐까 봐, 무시당할까 봐 털어놓지 않는 내밀한 이야기를 작가들은 덤덤히 풀어놓는다. 그러면서 삶에는 빛과 어둠이 있기 마련이라며 우리의 어둠을 감싸안는다. 정여울은 《공부할 권리》 에필로그에서 이렇게 말한다.

제 프로필을 살펴보면 참으로 잔잔하고 평화롭게 보입니다. 열심히 공부해서 좋은 학교에 들어갔고, 열심히 글을 써서 전업작가가 된 것으로 보이니까요. 프로필만 보면 저는 굉장한 모범생 같습니다. 하지만 프로필에 이런 내용을 쓸 수는 없겠지요? 저를 이룬 팔 할의 감성은 삐딱함과 서글픔과 왕따의 공포였다는 것을. 프로필은 어쩌

면 내가 누구인지를 최대한 가리기 위한 '분장술'
인 것 같습니다.

절망감, 좌절감, 불안, 허공에 매달린 덧없는 그림자, 비관적 전망. 앞의 글에 이어 나오는 단어들이다. 분장술로 가리고는 있지만 여전히 우리 안에 있는 것들이기도 하다. 그래서 나는 독서가 내 삶의 빛과 어둠을, 타인의 삶의 빛과 어둠을 받아들이는 일이라고 생각한다. 작가들이 펼쳐 놓은 자기 삶의 쓸쓸하고 충만한 순간들, 소설가들이 그려 놓은 복잡다단하고 입체적이며 울고 웃는 인물들, 철학가들 눈에 비친 행복하거나 불행한 인간들. 그리고 이들과 크게 다를 바 없는 우리 개개인이 만들어 가는 삶. 우리에게 지식이 필요하다면 바로 이런 삶에 대한 지식일 것이다.

삶을 이해하면 상대적 박탈감에서도 어느 정도 벗어날 수 있다. 원하는 삶의 기준을 조정할 수 있기 때문이다. 타인의 화려한 면만 보고 기준을 한껏 높여 놨던 사람이 삶을 이해하게 되면 그 기준이 얼마나 허술한 계산에서 나온 결과인지 알게 된다. 그럴 땐 계산 방법을 점검해 다시 기준을 세워야 한다. 내가 원하는 삶이 정말 무엇인지 다시 헤아려 보는 것이다.

1   2   3   4   5   6

7   8   9   10   11   12

"우리는 모두 우리 자신이 주인공인 이야기를 읽고
해석하지 않을 수 없는 상황에 처한 비평가일지도 모른다."
신형철, 정확한 사랑의 실험

---

monday

---

tuesday

---

wednesday

thursday

friday

saturday

sunday

42.

서평 읽기

책을 소재로 한 글을 워낙 좋아한다. 평론에서 독서에 세이까지 형식은 가리지 않는다. 글쓴이가 책을 읽고 생각한 점, 느낀 점, 배운 점을 보며 나 역시 생각하고, 느끼고, 배운다. 책을 대하는 글쓴이의 안목에 감탄하고 때로는 속으로 반론을 제기한다. 한 권의 책을 사이에 두고 글쓴이와 내가 간접 대화를 하는 셈이다.

보통 하루에 서평 한두 편은 읽는 편이다. 넋 놓고 앉아 서평만 한 시간 넘게 읽을 때도 있다. 책 한 권에 관한 서평을 연달아 읽기도 하고, 글을 잘 쓰는 사람을 만나면 그 사람의 서평을 내리 읽기도 한다. 서평집도 사서 읽는다. (여기서 내가 말하는 서평은 서평가들이 말하는 좁은 의미가 아닌 책을 소재로 한 모든 글을 말한다.)

서평을 즐겨 읽는 이유는 책에 호감을 느껴서

이기도 하지만 좋은 책을 가려 읽기 위해서이기도 하다. 서평가 이현우는 어느 인터뷰에서 "서평이 읽을 만한 책과 읽지 않아도 되는 책을 가려 주는 역할을 한다"고 말했다. 이현우의 말처럼 책을 꼼꼼히 읽은 누군가가 공들여 쓴 서평을 읽고 우리는 두 가지 선택을 할 수 있다. 그 책을 읽거나, 읽지 않거나.

나는 쉽게 유혹당하는 편이라 자주 '읽거나'가 된다. 좋은 서평을 읽으면 자연스레 그 책이 읽고 싶다. 그래서 나름대로 기준을 세웠다. 감상 수준에서 "이 책 정말 좋아요!" 하는 글엔 최대한 유혹당하지 않기로. 대신, 적절한 요약과 인용이 가미된 객관적 서술을 더 신뢰하기로. 생각은 이렇지만 사실 "이 책 정말 좋아요!" 하는 글을 보면 당해 내기 쉽지 않다.

서평이 제시하는 관점을 잘 활용하면 책을 읽을 때도 큰 도움이 된다. 서평가의 관점에 따라 이미 읽은 책을 새롭게 해석해 볼 수 있고, 아직 읽지 않은 책의 경우엔 서평가의 관점을 길잡이로 삼을 수 있다. '아, 이렇게도 볼 수 있구나' 하고 생각하게 해 주는 글이 내게는 가장 좋은 서평이다. 가장 유혹적인 서평이기도 하다. 이런 글을 읽으면 결국 그 책을 내가 직접 읽고 정말 '이렇게도 생각할 수 있음'을 확인해 봐야 할 것 같으니까.

문학평론가의 섬세한 관점이 가독성 높은 글에 잘 드러나 있는 신형철의 《느낌의 공동체》는 특히 좋아하는 서평집이다. 저자 본인이 간곡한 어투로 이 책을 산문집이라 분류했으니, 내가 서평집이라 주장한다 한들 서평집이 될 수는 없겠지만 말이다. 그럼에도 책에는 좋은 서평이 많다. 레이먼드 카버의 단편소설집 《대성당》에서 표제작 〈대성당〉을 읽고 신형철은 독자를 이렇게 유혹한다.

이 소설은 편견과 소통에 대해 말한다. 부정적인 견해만 편견인 것은 아니다. 내가 몸으로 체험하지 못한 앎, 한번도 반성해 보지 않은 앎은 모두 편견일 수 있다. 이를테면 맹인이 아닌 자가 맹인에 대해 갖고 있는 견해란 것은 제아무리 발버둥 쳐도 편견의 테두리 밖에 있기 어렵다. 그 편견은 어떻게 깨어지는가. 이와 같은 질문을 던지는 소설은 많다. 그러나 편견이 녹아내리는 과정을 이렇게 자연스럽고 힘 있게 그려 낸 소설은 많지 않다.

글쓴이가 이렇듯 궁금증을 유발하는 문장만을 남겨 놓고("편견이 녹아내리는 과정을 이렇게 자연스럽고 힘 있게 그려 낸 소설") 떠나 버렸으니, 독자는 가만히 앉아 있기가 쉽지 않다. 그래서 얼른 서점으로 달려가 《대성당》을 손에 들고 목차에서 가장 마지막에 있는 〈대성당〉으로 돌진한다. '나'와 아내, 그리고 아내의 오랜 맹인 친구 로버트 사이에 미묘한 긴장감이 흐른다. 결코 친구가 될 수 없을 것 같던 두 남자는 아내가 잠을 자러 들어간 사이 마법 같은 장면을 연출한다. 이 장면은 실로 "편견이 녹아내리는 과정"이었다.

1 2 3 4 5 6
7 8 9 10 11 12

"해마다 셰익스피어의 비극 〈햄릿〉을 새로 읽고
그때마다 감동을 글로 남기면 그것은 사실상
우리 자신들의 자서전을 기록하는 것이나 마찬가지다."
버지니아 울프

---

thursday

friday

saturday

sunday

43.

서평 쓰기

6년 전쯤 비공개 블로그를 하나 만들었다. 아무도 보는 사람이 없기에 자유 연상식으로 마음껏 글을 썼다. 과거에서 기억의 조각들을 하나씩 뜯어내 문단과 문단으로 묶었고, 책에서 뽑은 문장과 책을 읽다가 떠오른 생각들을 요리조리 조합했다. 글의 완성도 여부는 알 길 없었다. 그저 글을 차곡차곡 쌓는 기분이 좋아서 퇴근 후엔 거의 매일 노트북 앞에 앉아 있었다.

그렇게 1년쯤 아무도 모르게 혼자 즐기다가 갑자기 궁금해졌다. 내가 지금 글을 잘 쓰고 있는 건가. 다른 사람은 내 글을 어떻게 생각할까. 그때 마침 읽고 있던 책이 도서평론가 이권우의 《책 읽기의 달인, 호모부커스》였다. 인터넷에서 검색해 보니 저자가 진행하는 글쓰기 강의가 있다고 해서 떨리는 마음으로 수강 신청을 했다. 첫 글쓰기 강의를 들으러 가는 날, 정말 오랜만에 기분 좋은 설렘을 느꼈다.

　　원래 2개월 과정인데 너무 재미있어서 6개월을 들었다. 강의에서는 2주마다 책을 한 권씩 읽었는데, 첫 주에는 책을 읽고 느낀 점을 돌아가며 이야기하고, 둘째 주에는 읽은 책을 바탕으로 쓴 글을 첨삭했다. 한정된 시간 안에 첨삭받을 수 있는 사람은 네다섯 명이 전부였는데 내 글은 거의 매번 공개적으로 첨삭당했다. 민망해하고 부끄러워하는 사람들과는 달리 첨삭당하면서도 즐거워했기에 이권우 평론가도 부담 없이 뽑았던 게 아닐까 싶다.

　　그때 이권우 평론가는 수강생들에게 어려운 글을 요구하지 않았다. 논리를 흩뜨리지 않으면서 단정한 글이면 됐다. 일상에서 겪은 에피소드나 요즘 드는 생각이나 느낌을 책에 빗대 쓴 쉬운 글도 좋다고 했다. 책을 평가하고 분석하는 것은 비평가들의 몫이니 우리는 책을 충실히 읽고 그 감상을 진솔하게 쓰면 그걸로 됐다는 것이다. 그러니까 우리가 써야 할 글은 독후감이었다. 《책 읽기부터 시작하는 글쓰기 수업》에서 그는 독후감을 이렇게 설명한다.

　　독후감이라는 말이 본디 읽고 나서 느낀 감정, 감

상, 감동 따위를 기록하는 것이잖습니까. 책의 내용이나 요약 위주로 흐르는 게 아니라, 읽은 이로서 책에서 얻은 변화된 감정과 내면을 담으면 됩니다. 책이 주인공이 아니라 책을 읽은 이가 주인공이 되는 글쓰기이지요. 이런 글쓰기라면 부담도 적고 힘도 들지 않겠지요.

글을 쓴다는 건 내 생각과 감정에 살을 붙여 나가는 과정이었고 이 과정을 겪으면서 나는 나의 생각과 감정을 더 잘 이해할 수 있게 되었다. 특히 독후감을 쓰면서 개인의 경험과 생각이 책을 만나 글로 부려지면 형식과 논리, 그리고 설득력을 얻게 된다는 사실을 알게 되었다. 그때부터 내 독서의 일정 부분은 독서 자체가 아닌 글쓰기를 위한 것이 되었다. 책을 읽어야 할 이유가 하나 더 생긴 셈이다.

어떤 글을 쓸까, 그 글을 어떻게 쓸까, 하는 생각을 안고 책을 읽으면 의미 있게 다가오는 구절이 너무 많아 매 페이지마다 연필 자국을 남겨야 한다. 글쓰기를 위한 독서를 한다면 누구나 나와 비슷한 경험을 하지 않을까. 한강의 《채식주의자》가 맨부커 인터내셔널 상을 받았다고 해서 한번 읽어 볼 때와, 주인공

영혜가 왜 나무가 되려 했는지 뭐라도 써야 해서 읽을 때, 책의 사소한 부분까지 놓치지 않으려 하는 이는 후자의 독자일 것이다.

　　물론 글쓰기는 어렵다. 글을 처음 쓰기 시작할 땐 세상에서 가장 어려운 일이 글쓰기라는 생각이 들지 모른다. 한 문장 다음에 한 문장을 이어 붙이는 게 이렇게 어려운 일이었나 놀랄 수도 있다. 그래서 처음엔 부담을 내려놓는 게 좋다. '글을 쓰는 행위'에 익숙해지는 게 먼저다. 내 생각을 진솔하게 표현했다면 단 몇 줄이라 해도 완성된 글이라고 생각해야 꾸준히 쓸 수 있다.

　　어느 정도 글쓰기 습관이 들었다면 이제는 의도대로 쓰는 연습이 필요하다. 예를 들면 A4용지 한 페이지를 다 채우는 글을 쓰자, 또는 이 책의 장점을 감상적으로 쓰는 대신 논리적으로 써 보자, 아니면 내가 어제 했던 생각을 책의 논리를 빌어 객관적인 입장에서 서술해 보자, 같은 의도 말이다(의도대로 쓰긴 참 힘들지만). 주객이 전도되어 독서보다 글쓰기에 더 재미를 느낄 수도 있지만, 그렇다고 책을 손에서 놓을 리는 없으니 걱정은 금물! 좋은 글을 쓰려면 책을 읽어야 함을 알게 될 테니 말이다.

7   8   9   10   11   12

> "'나는 그 책을 밤새도록 읽었다'라든가
> '나는 이 책을 들자마자 손에서 놓지를 못했다'는 경험은
> 그래서 소중한 것이다. 우리 인생은, 특히나 청춘은
> 그렇게 응축된 몇 개의 경험만을 나열할 수 있을 뿐인지도 모른다."
> **장정일, 이스트를 넣은 빵**

---

monday

---

tuesday

---

wednesday

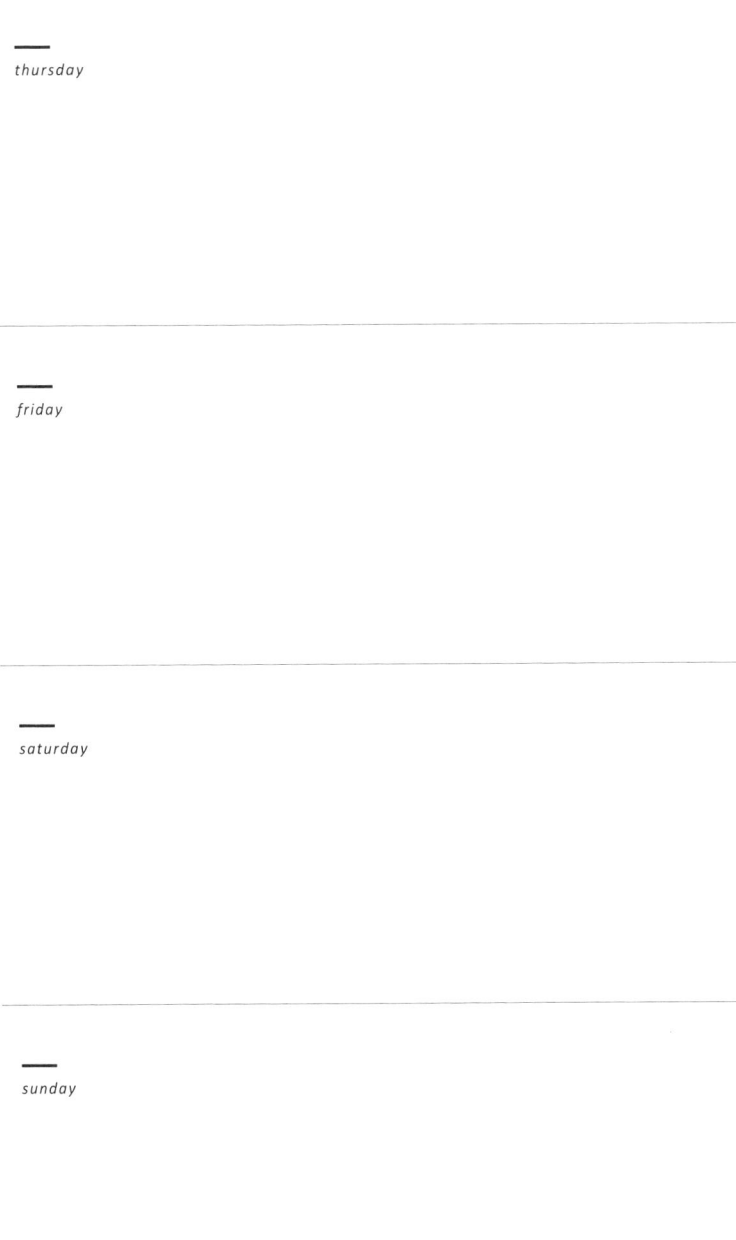

thursday

friday

saturday

sunday

44.

——

등장인물에 푹 빠져들기

나는 이런 고백을 좋아한다.

> (전략) 매일매일 쫄면을 먹으러 가던 여학생이 되
> 었는데 존재의 불안감 때문인지 그때부터 책 속
> 의 사람들을 보게 되었다. 책의 많은 요소 중에서
> 캐릭터에 주목하게 된 것인데 이를테면 루이제 린
> 저의《삶의 한가운데》에 나오는 니나와 평생 그녀
> 를 사랑하다가 자살해 버린 정신과 의사 슈타인.
> 헤르만 헤세의《수레바퀴 아래서》에 나오는 모범
> 생 한스 기벤라트와, 시를 좋아하고 위악적이고
> 내 눈엔 너무나 멋져 보였던 하일너. (정혜윤,《그
> 들은 한 권의 책에서 시작되었다》)

내가 하고 싶은 고백이기 때문이다. 나는 책을 읽으면

책에 나온 캐릭터에 심하다 싶을 정도로 빠져든다. 아무리 재미있게 읽은 책이어도 캐릭터 이름이 가물가물한 경우도 있지만 이름을 접한 순간부터 결코 잊지 못하는 캐릭터도 있다. 《이방인》의 뫼르소, 《필경사 바틀비》의 바틀비, 《그리스인 조르바》의 조르바, 《변신》의 그레고르 잠자. 언젠가 뫼르소를 '미친 사이코패스'라 평가하는 사람을 만난 적 있는데 겉으로는 '해석은 늘 열려 있지' 하는 표정을 지었지만 속으로는 저 사람은 다시 보고 싶지 않다고 생각했다. 뫼르소가 자기 자신을 변호하지 않는 모습에 흠뻑 빠진 상태였기 때문이다.

무라카미 하루키에 더 애정을 느낀 이유도 캐릭터에 빠지는 성향 때문이었다. 그는 여행에세이 《먼 북소리》에서 조르바를 언급한다. 그리스 스펫체스 섬에 도착한 하루키는 '소설가답게' 예리한 눈으로 사람들을 관찰하는데 하루키의 눈에 '조르바계 그리스인'들이 포착된다. 수수한 옷차림에 건강해 보이는 '조르바계 그리스인'들은 '조르바답게' 일광욕하는 여자들에게서 눈을 떼지 못한다. 별것 아닌 이런 문장도 좋았다.

배 위에서 조르바계 아저씨가 부두에 있는 또 다른 조르바계 아저씨를 향해 깜짝 놀랄 만큼 큰 소리로 고함치고 있다. "어이 코스타, 잘 있었나!"

이런 글을 읽을 때면 내가 무지 좋아하는 친구를 나만큼 좋아하는 사람을 만난 기분이다. 소설 속 인물이 마치 실존 인물인 듯 이야기를 주고받는 일도 정말 신난다. 헤르만 헤세의 《나르치스와 골드문트》를 비슷한 시기에 읽은 친구와 전화통화를 할 때면 우리는 서로를 '나르치스', '골드문트'라 부르곤 했다. 우리의 성향이 한 명은 나르치스, 한 명은 골드문트와 가깝기 때문이다.

최근에 읽은 《랩걸》에서 과학자 호프 자런은 그녀의 '남사친' 빌과 영혼의 교감을 나눈다(보는 사람이 다 울컥할 만큼 애틋한 교감이다). 그들은 제삼자에게 별명을 붙이는 데도 쿵짝이 잘 맞았는데 보통의 독자라면 신경 쓰지 않고 넘길 이런 대목에 나는 밑줄을 그었다.

우리는 그가 건물 다락방에서 사는 사람이라고 결론짓고 그를 '부 래들리'(하퍼 리의 소설 《앵무새 죽이기》에 나오는 은둔자)라고 부르기 시작했다.

더 최근에 읽은 김용언의 《문학소녀》에서도 이런 말이 나온다.

> 전혜린은 주변 사람들에게 "소설 속의 인물의 명칭(성격이나 상황이 부합되는)을 갖다 붙이기를 좋아하는 버릇이 있었다."

눈앞에 실재하는 인물보다 책 속 인물이 더 생생히 느껴진 적 있는가. 나는 너무 많이 있다. 어제 만난 친구의 삶은 쉽게 그려지지 않지만, 책 속 캐릭터의 삶은 가슴 아릴 정도로 생생히 잡히곤 한다. 솜씨 좋은 작가는 캐릭터의 말, 행동, 심리에 납득할 만한 근거를 마련해 주고 나는 작가가 흘린 정보를 통해 상상력을 발휘한다.

나는 조해진 소설 《로기완을 만났다》에서 탈북인 로기완을 '만났다.' 스무 살. 159센티미터에 47킬로그램. 무국적자이면서 불법체류자, '난민', '유령'으로 표현되는 사람. "인생과 세계 앞에서 무엇 하나 보장되는 것이 없는 다른 땅에서 온" 이방인 로기완은

벨기에 브뤼셀에서 난민 신청을 하려 하지만 이 부유한 세계는 그에게 쉽게 손 내밀어 주지 않는다. 화자의 시선에 포착된 그의 슬픔 가득한 삶을 나는 머릿속에 그려 본다.

> 그때껏 '헬로우'나 '봉주르'조차 제대로 발음해 본 적 없는 동양에서 온 키 작은 청년은 조심스럽게 문을 닫고 나오면서 이 도시에서의 삶이 이처럼 누군가의 반복되는 무시와 경멸, 그리고 자신을 향한 과장된 경계심과 불필요한 오해로 채워질 거라는 걸 예감했다.

> 인적 드문 골목으로 들어섰을 때에야 로는 어느 담벼락에 몸을 기댄 채 허리를 앞으로 깊이 숙여 끄억끄억 울었다. 나는 지금 골목 끝에 서서 눈물을 흘리는 것이 아니라 토해 내는 한 사람의 자세를 힘없이, 그러나 실은 온몸에 힘을 주어 뚫어지게 바라보고 있다.

우리는 우리를 감추며 살지만, 책 속 인물들은 감추지 않아야 살 수 있다. 그래서 나는 그들이 드러낸 것들을 통해 우리가 감추고 있는 것들을 본다. 내가, 당신이, 로기완처럼 남몰래 *끄억끄억* 울고 있는 장면을 본다. 나는 로기완 생각에 며칠 앓았는데, 어쩌면 세상의 모든 로기완들을 생각하며 슬펐던 건지도 모른다.

1 2 3 4 5 6

7 8 9 10 11 12

"세상 사람들은 하루에 세 권쯤 책을 읽으면 독서가라고 말하는 듯하나,
실은 세 번, 네 번 반복해 읽을 수 있는 책을
한 권이라도 가진 사람이야말로 올바른 독서가다."
오카자키 다케시, 장서의 괴로움

---

monday

---

tuesday

---

wednesday

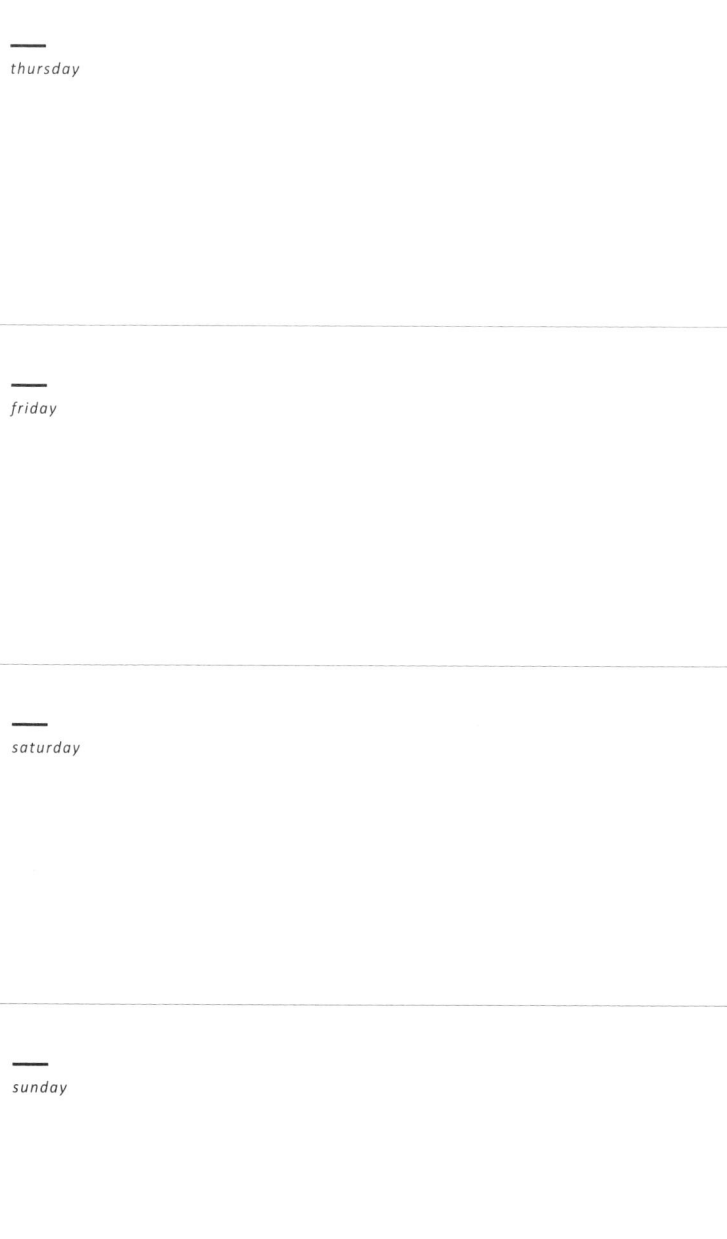

thursday

friday

saturday

sunday

45.

___

서재 정리하기

《나는 단순하게 살기로 했다》와 《궁극의 미니멀라이프》를 읽고 내 방 구석구석을 둘러보니 모든 물건이 분별없는 소비생활의 밉살스러운 부스러기들 같았다. 책상 서랍에서 물건들을 쏟아 냈다. '미니멀라이프'에 방해되는 물건은 쓰레기통으로 직행시켰다. 안 쓰는 키보드, 몇 년간 입지 않은 원피스, 10년 된 조명, 여기저기에서 사 모은 기념품들.

이틀에 걸쳐 책장 정리도 했다. 먼저 내가 하라는 대로만 하면 성공할 수 있다거나 모든 것은 긍정적인 마음가짐에 달렸다고 말하는 책들을 차곡차곡 박스에 쌓았다. 한때 즐겁게 읽었으나 이젠 읽지 않는, 아마도 책장 구석에서 다시 꺼낼 일 없을 소설과 에세이들도 박스에 넣었다. 금세 서너 박스가 가득 채워졌다.

이제부터가 문제였다. 대충 훑기만 해선 책장

에 남길지 박스에 담을지 모르겠는 아리송한 책들은 어떻게 해야 할까. 우선 책장에 꽂힌 책들을 모조리 바닥에 내렸다. 한 권씩 내용을 살피며 책들의 목적지를 나누었다. 원칙은 하나였다. 나와 추억도 없고 지금 좋아하지도 않으며 앞으로도 읽지 않을 책은 버리자. 왠지 망설여질 때는 다시금 나한테 물었다. '이 책을 나중에 읽을 것 같아, 안 읽을 것 같아?' 읽지 않으리라는 답이 나오면 약간의 미련과 함께 박스에 담았다.

　　수백만 팬을 거느린 세계적인 작가의 책이라 해도 버렸다. 중심은 나에게 두기로 했다. 다른 사람이 읽고 싶은 책이 아닌 내가 읽고 싶은 책. 다른 사람이 소중해하는 책이 아닌 내게 소중한 책. 책장에 꽂힌 책이 모두 내 과거, 현재, 미래와 연결되어 있으면 좋을 것 같았다. 책장 정리를 시작하면서 숫자 500을 떠올렸다. 500권이어도 좋고, 500권보다 적거나 많아도 좋지만, 꼭 필요한 책만 곁에 두고 사는 게 좋을 것 같았다.

　　불과 얼마 전까지만 해도 일본의 유명한 장서가 다치바나 다카시의 '고양이 빌딩'(이 빌딩에만 책이 20만 권 있다고 한다)에 마음이 혹해 건물까지는 아니더라도 책장이 두세 겹으로 둘러쳐진 커다란 방 하나를 달뜨게 욕망했다. 어떤 책을 떠올리든 그 책을 내 방에서 찾을 수 있다면 얼마나 짜릿할까? 매일 방으로 들어설 때마다 서점에 들어서는 기분이겠지?

이런 욕심을 버린 건 장서가들의 책을 몇 권 재미있게 읽고 나서였다. 읽을 때는 재미있었는데 다 읽고 나니 이렇게는 못 살겠다는 쪽으로 생각이 기울었다. 책 사는 즐거움이야 나도 매번 이기지 못하지만 장서가들은 즐거움을 느끼는 데서 두세 발은 더 나아간 왠지 끔찍한 지점에 서 있었다. 괜히 엄살을 떠느라 책 제목을 '장서의 괴로움'으로 지은 건 분명 아닐 터였다.

《장서의 괴로움》에서 장서가들은 반쯤은(어쩌면 더) 넋이 나간 채 매일같이 책을 사들였고, 그러는 통에 집이 무너지기도 했고, 그렇지 않더라도 방에서 제대로 걸어 다닐 수 없었다. 책이 1만 권이면 헌책방을 열 수 있다는데 이 책을 쓴 오카자키 다케시의 집에는 책이 2만 권에서 3만 권이 있다고 했다. 책에 소개된 한 장서가는 자기 집에 책이 3만 권 정도 있는 줄 알았는데 알고 보니 13만 권이었다며 겸연쩍게 웃었다.

비록 본인은 책을 밟고 다니지만 저자가 우리에게 제시한 가장 이상적인 책의 권수가 500권이다.

책에서 어느 문학연구가는 "필요할 때마다 자유자재로 열어 볼 수 있는 책이 책장에 500, 600권 있으면 충분하고, 그 내역이 조금씩 바뀌어야 이른바 진정한 독서가"라고 말했다. 여기에서 중요한 건 500, 600이란 숫자보다 읽은 책 중에서 애독서만 골라 놓는 정성이며, 애독서 목록을 바꾸기 위한 지속적인 독서다. 평생에 걸쳐 매만진 애독서 수백 권이 책등을 보이며 깔끔하게 정리돼 있는 방. 이 방을 상상하면서 나는 장서가의 꿈을 말끔히 버렸다.

책장 정리를 끝마쳤다. 박스 열 개를 밖으로 내놨다. 그리고 몇 개월이 지나는 사이 또 조금씩 책이 늘고 있다. 꼭 필요한 책만 사자고 마음먹어도 인터넷 서점 구매 버튼을 누를 땐 모든 책이 다 필요해 보인다. 그래서 의도적으로 더 500이란 숫자를 기억하려 한다. 500은 하나의 상징이다. 쌓아 두기보다 덜어 내기. 사기보다 읽기. 나만의 애독서 리스트를 평생에 걸쳐 만들기. 아무리 책이 좋아도 읽지 않는 책을 터무니없이 쌓아 두며 살고 싶지는 않다. 나는 책을 쌓아 두는 것보다 읽는 게 더 좋다.

1 2 3 4 5 6

7 8 9 10 11 12

"책이란 무릇
 우리 안에 있는 꽁꽁 얼어 버린 바다를 깨뜨려 버리는
 도끼가 아니면 안 되는 거야."
 프란츠 카프카, 변신

---

monday

---

tuesday

---

wednesday

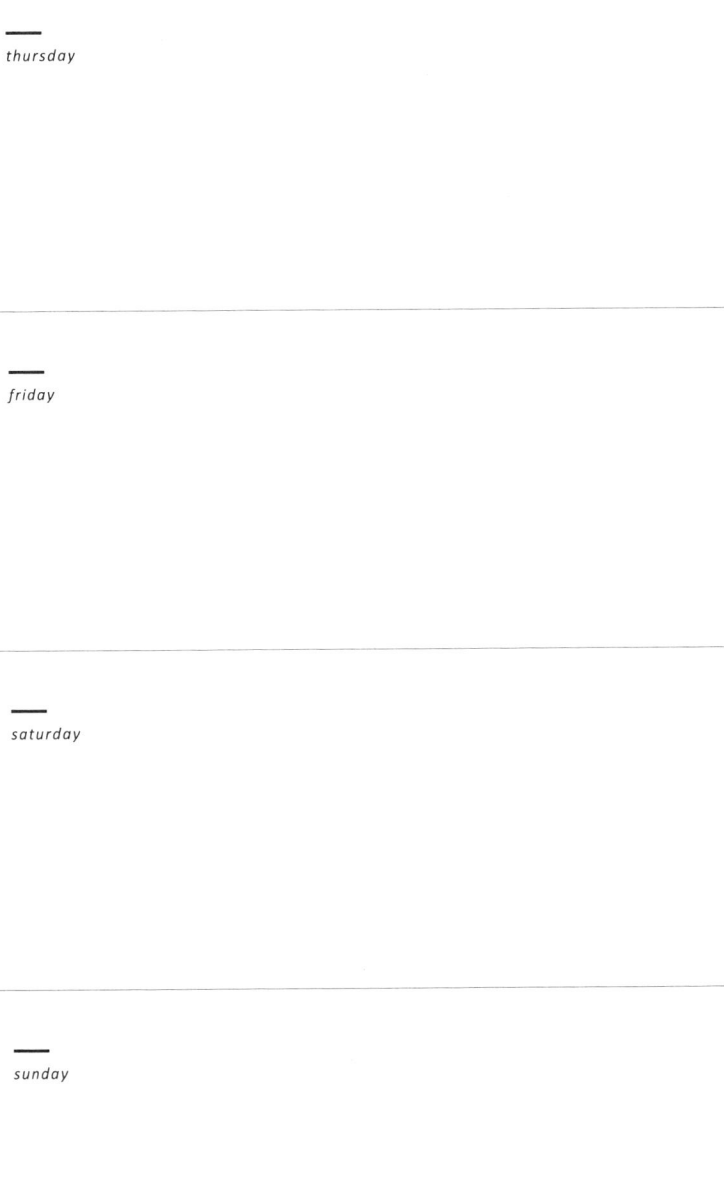

thursday

friday

saturday

sunday

46.

도끼 같은 책 읽기

수 클리볼드의 《나는 가해자의 엄마입니다》를 읽으며 몇 번이나 그만 읽고 싶었다. 처음 세 문단을 읽으며 울기 시작해서 책의 초반부에만 몇 번을 울었는지 모른다. 1999년 미국을 충격에 빠뜨린 콜럼바인 고등학교 총격 사건. 학생 두 명이 총을 난사해 열세 명을 죽이고 스물네 명에게 부상을 입혔다. 저자인 수 클리볼드는 총을 들었던 아이 가운데 한 명인 딜런 클리볼드의 엄마다.

사건 당시 전 세계 사람들은 두 명의 가해자를 괴물로 단정짓고, 아이의 부모들은 아이를 괴물로 둔갑시킨 학대자로 몰아세웠다. 하지만 수 클리볼드가 말하길 딜런은 폭력 성향이 있기는커녕 다정하고 배려심 많은 아이였다. 부부는 이런 아이를 '햇살'이라 불렀다고 한다. 수 클리볼드는 본인과 남편 톰 역시 사람들의 생각과는 달리 아이에게 사랑을 주는 평범한 부모였다고 말한다. 학살이 일어난 지 16년 만에 그는 우리가 결코 알고 싶어 하지 않은 이야기를 들려준다. 그 어느 평범한 부모도 가해자의 부모가 될 수 있다고.

"이 책은 어둠이다." "그녀의 이야기는 읽기 불편하다." "부모로서 이 책을 읽는 것은 끔찍한 일이다." "이 이야기가 너무 무서워서 도망가고 싶을지 모른다." 책의 추천사들이다. 그렇다면 이렇게 끔찍한 이야기를 우리는 왜 읽어야 할까. 총을 든 아이들이 실은 괴물이 아니었음을, 아이의 부모들이 아이를 사랑하지 않은 건 아니었음을 우리는 왜 알아야 할까. 그 누구도 가해자가, 가해자 부모가 될 수 있다는 사실을 우리는 왜 기억해야 할까. 내 대답은 이렇다. 그것이 진실이어서.

불편한 책을 읽으며 즐거울 리 없다. 그럼에도 도망가지 않아야 하는 이유는 세상의 많은 진실은 이렇듯 불쾌하고 불편하기 때문이다. 쉽고 간편한 확신은 자기계발서의 성공에나 필요할 뿐 진실과는 거리가 멀다. 그래서 우리에겐 불편함을 견디는 능력이 필요하다.

"불편함을 피하지 말자." 나는 이 문장을 자주

되된다. 편안하고 안전한 쪽으로만 치닫는 내 본성에 브레이크를 거는 나만의 방법이다. 그간의 속 편한 편견과 식상한 해석을 깨부수는 일은 분명 힘에 부치지만 나를 성장시키고 자기 기만에 빠지지 않도록 도우리라 믿는다. 이는 카프카의 말처럼 나 자신을 '잠에서 깨우고' 내 내면에 '도끼'를 들이대는 일이기도 하다.

"책이란 무릇 우리 안에 있는 꽁꽁 얼어 버린 바다를 깨뜨려 버리는 도끼가 아니면 안 되는 거야." 프란츠 카프카의 이 문장을 사람들은 많이 인용한다. '도끼'라는 무시무시한 단어가 나오지만 독서의 본질을 꿰뚫고 있어서 즐겨 인용하는 것 같다. 이 문장이 포함된 전체 글에서 카프카가 말하고자 한 바는 우리는 책을 읽을 때 더 많이 불편해져야 한다는 것이다. 카프카는 친구인 오스카 폴라크에게 쓴 편지에서 아래와 같이 말한다.

내 생각에 책은 읽는 사람을 꽉 깨물고 콕콕 찔러 대는 것만 읽어야 할 것 같아. 우리가 읽는 책이 우리 머리를 주먹으로 한 대 쳐서 우리를 잠에서 깨우지 않는다면, 도대체 왜 우리가 그 책을 읽는 거지? 자네가 편지에 쓴 것처럼 우리가 행복하려고 읽는 걸까? 맙소사, 설령 책이 한 권도 없다 해도 우리는 역시나 행복해질 수 있을 거야. 또한 우리를 행복하게 해 주는 책은 필요할 경우, 우리가 손수 쓸 수도 있을 거야. 하지만 우리는 다음과 같은 책이 필요한 거야. 우리를 몹시 고통스럽게 하는 불행 같고, 우리 자신보다도 더 끔찍이 사랑했던 그 어떤 사람의 죽음 같고, 모든 사람들로부터 뚝 떨어져 숲 속으로 추방된 것 같고, 스스로 목숨을 끊는 것 같은 느낌을 주는 그런 책이 필요하지. (《변신》)

나른한 꿈 속에서 막연한 행복만 반복해 좇는 한 우리는 진실도, 현실도 볼 수 없다.

1 2 3 4 5 6
7 8 9 10 11 12

"내게 독서란 단순히 작가의 생각을 취하는 것이 아니라
그와 함께 온 세상을 여행하는 행위다."
앙드레 지드

---

thursday

friday

saturday

sunday

47.

관심이 이끄는 책 읽기

글쓰는 삶을 꿈꾸며 글 연습에 돌입한 지 3년째던 작년 여름. 가만히 앉아 있기만 해도 땀이 줄줄 흐르던 그 여름에 글을 거의 쓰지 못했다. 아침에 일어나면 '오늘은 글을 써야지' 하고 마음을 먹었지만 막상 책상에 앉으면 멍만 때리기 일쑤였다. 마음 따로, 몸 따로인 하루하루에 지쳐 갈 즈음 하는 수 없이 묘수를 하나 떠올렸다. 글을 쓰지 않을 바엔 그 비슷한(?) 일이라도 하자! 그날 이후로 글쓰기 관련 책을 글을 쓰는 마음으로 읽어 나갔다.

이미 읽었던 책과 새로 구입한 책을 책상과 침대에 쌓아 놓고 읽었다. 궁금한 점이 한두 가지가 아니었다. 뛰어난 작가들도 나처럼 글이 쓰기 싫어 발버둥 쳤을까? 자기 글에 불만을 품었을까? 그들은 재능을 타고났던 걸까? 그들 눈에도 글을 써서 먹고살겠다는 내가 무모해 보일까? 나는 수십 권의 책을 읽으며 나름의 답을 얻었고, 내 관심은 어느덧 글쓰기뿐만 아니라 예술가의 삶으로까지 뻗어갔다. 무(無)에서 뭔가라도 만들어 내야 하는 사람이 어디 작가뿐일까 싶었다.

올해 초에는 일러스트레이터 안자이 미즈마루를 알게 됐다. 대중에게는 무라카미 하루키와 협업으로 유명하지만, 그의 동료들은 미즈마루 덕분에 하루키가 문학가로 더 성장했다고 보기도 할 만큼 뛰어난 일러스트레이터다. 안자이 미즈마루 사후에 제작된 책 《안자이 미즈마루》에는 그림을 대하는 그의 독특한 태도가 여러 군데 드러나 있었는데, 그중에서도 그의 제자 말이 기억에 남는다.

미즈마루 씨는 자신이 "좋네" 하고 생각하는 그림을, "좋네" 하고 생각할 수 있을 때까지 그려서, "좋네"라는 생각이 들 때 마무리했습니다. 항상 그랬을 겁니다. "사람들을 깜짝 놀라게 하겠어", "세상을 놀래 주겠어", "한껏 웃겨 주겠어" 그런 이유가 아니라 말이죠. 자신이 "좋네" 하고 자신을 가질 수 있는 그림을 그리는 것. (중략) 자신감을 갖고 세상에 내보이는 것. 이것이 가장 설득력

있는 그림이 되는구나, 하고 나는 생각했습니다.

외부의 눈이 아닌 나의 감각과 실력을 믿는 자신감 넘치는 태도. 이를 얻기 위해 미즈마루가 보낸 시간의 양을 가늠하며 나는 지금 나에게도 역시 이런 태도가 필요함을 알게 되었다. 지난여름, 글을 쓰지 못했던 건 내가 글을 못 쓴다는 사실을 사람들이 눈치챌지도 모른다는 두려움 때문이었다. 하지만 두려워하느라 도망치는 대신 내가 할 일은 미즈마루가 한 말처럼 "현 시점에서 최고의 완성도"를 갖추려 노력하는 것뿐일 터였다.

지난여름에 읽은 책에서부터 《안자이 미즈마루》까지는 철저히 내 관심이 쏠리는 책이었다. 관심이 이끄는 책을 읽으니 문장들이 알아서 눈에 쏙쏙 박혔다. 작가와 예술가들의 이야기가 내 이야기인 양 마음 깊이 새겨졌고, 한 권의 책이 끝나면 자석에 이끌리듯 다음 책으로 손이 갔다. 그래서 당신에게 묻고 싶다. 지금 당신의 관심은 어디로 쏠려 있나요?

지금 나는 무엇에 가장 관심이 많은가. 퇴사인가? 이민인가? 인공지능인가? 나를 버리고 떠난 그 사람인가? 생각이 너무 많은 나 자신인가? 공감하지 못하는 배우자인가? 자존감이 낮은 나인가? 역사 드라마에서 본 그 왕인가? 제인 오스틴인가? 유발 하라리인가? 페미니즘인가?

혹은 불면의 나날이 이어지고, 누군가를 미워하느라 속이 타들어 가고, 아침에 일어나면 눈물부터 나는지. 사랑하는 일이 세상에서 제일 어렵고, 이곳이 아닌 다른 곳만을 꿈꾸며 살고 있진 않은지. 작은 공방을 꾸리고 싶고, 1인출판사를 차리고 싶고, 소소한 일상에서 즐거움을 찾고 싶진 않은지.

이런 마음을 헤아린 책들은 서점 어딘가의 구석에서 우리를 기다리고 있다. 특히, 당신을.

1　2　3　4　5　6

7　8　9　10　11　12

"책은 고고학자들이 연구하는 예술작품처럼
과거에서 벗어나 미래를 이야기하며,
헛되이 흘러가는 지금에 의미를 부여해 준다."
우베 요쿰, 모든 책의 역사

---

monday

---

tuesday

---

wednesday

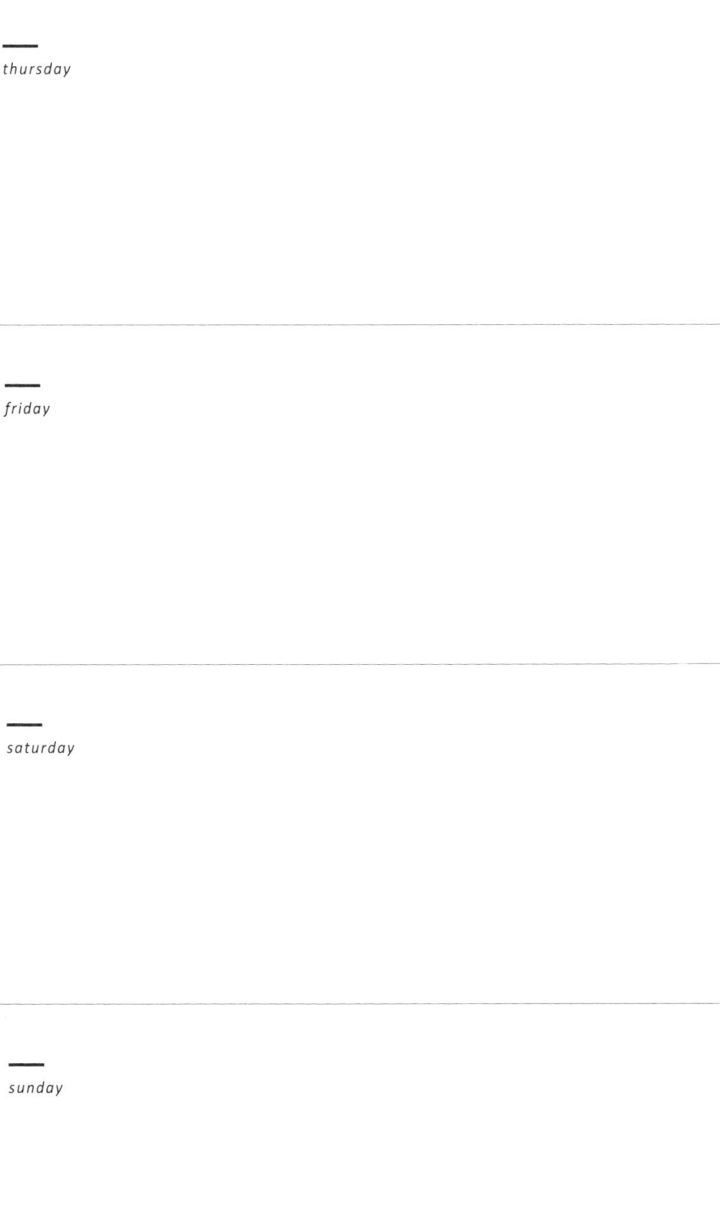

thursday

friday

saturday

sunday

48.

관심을 넘어서는 책 읽기

예전에 현대 경영학의 창시자라 불리는 피터 드러커의 책을 몇 권 읽었다. 본인이 깊이 감명을 받았던지 아빠가 책에 체크까지 해서 억지로 들이민 책이었다. 읽기 싫은 마음을 굴뚝같이 세우고 미적미적 읽기 시작했는데 아니 이럴 수가! 재미없을 줄 알았던 경영학 책이 생각보다 흥미진진했다. 무슨 말인지 거의 이해하진 못했지만 책의 논리적 흐름이 단단해 읽는 재미가 컸다. 결국 그의 자서전까지 사서 읽었다.

《피터 드러커 자서전》을 읽으며 그의 필력뿐 아니라 유연한 시선에 놀랐다. 하나의 주제에 골몰하는 사람 특유의 완고함이 그에겐 없었다. 자기 자신을 내려놓고 가뿐한 마음으로 세상과 타인을 받아들이는 느낌이었다. 뛰어난 경영학자이지만 경영학을 통해서만 경영학을 보지 않는 점도 특별했다.

피터 드러커는 엄청난 공부광이었다. 3년이나 4년마다 주제를 바꿔 가며 해당 주제에 깊이 파고들었다고 한다. 세계적인 경영학자가 시간이 어디 있어 이렇게나 '딴짓'을 열심히 했나 싶을 정도로 공부 주제도 다양했다. 통계학, 중세 역사, 일본 미술, 경제학 등등. '딴짓'을 하며 관심사를 확장할 때마다 그의 통찰력은 점점 날카로워졌다. 새로운 분야에서 얻은 새로운 시선으로 이전과는 다르게 세계를 바라봤다. 그가 단지 경영학자가 아닌 경영학 '구루'로 불렸던 이유는 바로 이러한 통찰력에 있지 않을까.

내가 피터 드러커에게 배운 바는 이것이다. 때로는 A라는 문제에서 벗어나야만 A를 해결할 수 있다는 것. 달리 말해, 나에게 덕지덕지 붙어 있는 문제들 중에는 나에게서 벗어나야만 해결되는 문제도 있다. 그렇기에 지금의 내 삶과 전혀 관련 없어 보이는 대상에 관심을 기울이는 일은 그 자체로 꽤 유익한 행동이라고 볼 수 있다. 《멀고도 가까운》에서 리베카 솔닛은 이를 다음과 같이 멋지게 표현했다.

자아를 깊이 파고들어 가는 일, 그렇게 땅 밑으로 들어가는 일도 가끔은 필요하지만, 자신에게서 빠져나오는 일, 자신만의 이야기나 문제를 가슴에 꼭 붙들고 있을 필요가 없는 탁 트인 곳으로, 더 큰 세상 속으로 나가는 반대 방향의 움직임도 마찬가지로 필요하다. 양쪽 방향 모두로 떠날 수 있는 능력이 중요하며, 가끔은 밖으로 혹은 경계 너머로 나가는 일을 통해 붙잡고 있던 문제의 핵심으로 들어가는 일이 시작되기도 한다.

나라는 울타리를 과감히 뛰어넘어 더 넓은 세상으로 달아나기(가끔은 달아나도 괜찮다). 도착한 세상에서는 나를 잊고, 내 문제도 완전히 잊어 보기(가끔은 잊어도 괜찮다). 그리고 새로운 세상에서 만난 낯선 대상에 깊이 관여하기. 그러다 다시 돌아오기. 경계를 넘나드는 행위를 통해 우리는 우리 삶에 보다 다채롭게 대처할 수 있을 것이다.

사실, 얼마나 좋을까. 언제든 공간적 경계를 떨치고 나아갈 수 있다면. 하지만 그럴 수 없어서 우리는 책을 읽는다. 책을 통해 나에게서 벗어나 문장들로 건축된 드넓은 세상으로 달려 나가 보는 것이다. 다시 제자리로 돌아왔을 때 우리 손에 꼭 많은 것이 들려 있을 필요는 없다. 그저 미세한 감각의 변화만으로도 어제와 조금 다른 오늘을 맞을 수 있을 테니까.

책을 읽는 사람이 영 비현실적으로 보이는 때가 있다. 그건 그 사람이 지금 경계 너머로 나가 있기 때문인지도 모른다. 언제나 현실적이기만 한 것이 현명한 태도는 아니라고 생각하며, 현실을 해결하기 위해 현실에서 벗어날 필요도 있음을 인식하며 지금 다른 시선을 습득하고 있는 건지도.

1   2   3   4   5   6

7   8   9   10   11   12

"독서는 제게 여흥이고 휴식이고 위로고 내 작은 자살이에요.
 세상이 못 견디겠으면 책을 들고 쪼그려 눕죠."
수전 손택, 수전 손택의 말

__

monday

__

tuesday

__

wednesday

thursday

friday

saturday

sunday

49.

절망을 극복하는 책 읽기

초등학생부터 고등학생까지 두루 가르치는 친구는 이런 이야기를 들려줬다. "애들에게 공부하라고 동기 부여하기가 쉽지 않아. 고등학교에서 전교 10등 안에 드는 애들이 모이면 무슨 이야기하는 줄 알아? 나는 독일로 이민 갈 테니, 너는 네덜란드로 가라, 너는 어디로 가고. 이런 이야기해. 공부를 잘하든 못하든 우리나라에선 행복해지기 힘들다고들 생각해."

비슷한 이야기를 들은 적 있다. 전교 10등 안에 드는 아이들보다 열 살이 많은 20대 후반으로부터. 스물일곱인 그는 동창모임에 다녀왔다고 했다. "그날 우리가 한 이야기가 뭔 줄 알아요? 다 같이 이민 가자는 이야기였어요. 우리나라에서는 영 글렀으니까. 정규직 애들도 불안한 건 마찬가지예요." 장강명의 《한국이 싫어서》에서 계나도 호주 이민을 결심한다.

명문대를 나온 것도 아니고, 집도 지지리 가난하고, 그렇다고 내가 김태희처럼 생긴 것도 아니고. 나 이대로 한국에서 계속 살면 나중엔 지하철 돌아다니면서 폐지 주워야 돼.

나이가 많다고 해서 사정이 나은 건 아니다. 친구의 지인, 언니의 친구, 형부의 친구 가운데 이민 계획이 있거나 이미 간 사람들의 소식이 곧잘 들린다. 유독 경쟁을 싫어하는 친구 한 명은 돈을 버는 이유가 이민이다. 몇 살이 되었든 돈만 모이면 조금 더 사람답게 살 수 있는 나라로 가고 싶다고 입버릇처럼 되뇐다. 얼마 전엔 지인이 급작스럽게 베트남으로 떠나게 됐다고 연락을 해 왔다. 자리를 잡을 수 있을지, 없을지는 미리 고민하지 않기로 했단다.

《한국이 싫어서》에서 계나는 "미래를 두려워하면서 행복해질 순 없어" 하고 말했다. 나라고 해서 다르지 않다. 한동안 나는 스웨덴 이민 타령을 했다. 가고 싶다고 갈 수 있는 게 아니라는 것쯤은 잘 알지만 어제는 괜찮다가 오늘은 막막해질 때면 스웨덴 대학교를 뒤졌다. 정착할 도시와 학교까지 정해 놓고 학교 소개 글과 동영상을 들여다봤다. 이렇게라도 해야 기분이 좀 나아졌다. 꿈이라도 꿔야 현실이 주는 무력감을 이겨 낼 수 있었다.

'희망 없음' 상태로 절망과 체념 사이를 오고 가는 삶. 사회가 개인에게 덤터기 씌운 절망을 끌어안고 마냥 버텨야 하는 삶. 개인이 힘을 기울여 웃고 즐길 거리를 찾아내지 않으면 우울만 남는 삶. 미래를 낙관하는 일이 순진한 태도가 되어 버린 삶. 최악을 미리 생각해 두는 편이 현명한 태도인 삶. 아침부터 지치는 삶. 언젠가부터 우리는 이렇게 살고 있다.

사회가 절망적이 될수록, 나는 많이 울었다. 슬퍼서 울었고 감동해서 울었다. 이상하게도 예전보다 더 감동을 잘하는 사람이 되었다. 어둠이 녹조처럼 잔뜩 끼어 있는 불투명한 하루 여기저기에서 희미한 불빛들이 비춰 올 때마다 눈을 비볐다. 마땅히 그래야 한다는 듯이 희망할 근거를 찾아다녔다. 희망의 문장들을 그러모았다. 희망의 장면들을 눈에 새겼다. 아직 이 세상에 어둠이 완전히 내려앉지는 않았다고 스스로 위안하는 데 많은 시간을 보냈다.

김금희는 《너무 한낮의 연애》〈작가의 말〉에서 질문한다. "나쁨의 상태에서 최선을 다해 오늘을 지키는 것, 그것은 나약함일까. 그렇다면 그런 하루의 무게는 정당한가." 나는 김금희의 말에 동조했다. 나도 '나쁨의 상태'를 건너가는 방법으로 나약함을 택했으니까. 나는 나의 나약함 대신 '하루의 무게'를 나무라기로 했다. 오늘을 살기 위해, 오늘을 지키기 위해 가능하지 않은 꿈도 꿔 보고 애써 찾은 작은 희망을 붙잡으며 살기로 했다. 주책맞게 보이더라도 더 많이 감동하고, 더 많이 울기로 했다. 절망보다 희망이 더 커질 미래를 기다리면서. 아래는 희망하고 싶을 때 내가 자주 떠올리는 글이다.

지옥을 벗어날 수 있는 방법은 두 가지입니다. 첫 번째 방법은 많은 사람들이 쉽게 할 수 있습니다. 그것은 바로, 지옥을 받아들이고 그 지옥이 더 이상 보이지 않을 정도로 그것의 일부분이 되는 것입니다. 두 번째 방법은 위험하고 주의를 기울이며 계속 배워 나가야 하는 것입니다. 그것은 즉 지옥의 한가운데서 지옥 속에 살지 않는 사람과 지옥이 아닌 것을 찾아내려 하고 그것을 구별해 내어 지속시키고 그것들에게 공간을 부여하는 것입니다. (이탈로 칼비노, 《보이지 않는 도시들》)

1 2 3 4 5 6

7 8 9 10 11 12

"이해한다고 하는 것은 무엇보다도 우선
 신체적으로 '동조'되는 것이라고 저는 생각합니다."
 우치다 타츠루, 민들레 111호

---

monday

---

tuesday

---

wednesday

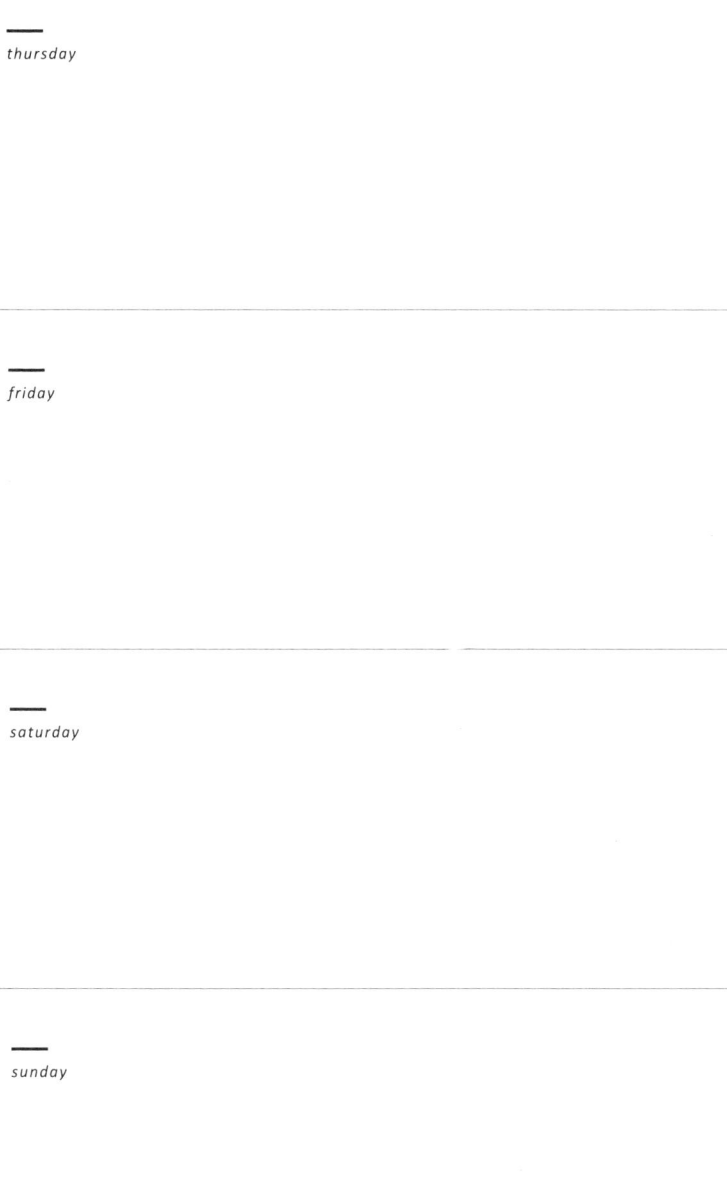

thursday

friday

saturday

sunday

50.
—

어려운 책 읽기

어려움의 강도를 조금씩 높이는 독서를 선호해 왔다. 가끔은 턱없이 어려운 책을 끙끙거리며 읽기도 하지만, 나는 끙끙거리기보단 '흐응흐응' 하며 읽는 게 더 좋다. 어려워도 조금만 어려우면 좋겠다.

　이런 나의 태도에 물음표를 던져 준 사람이 있다. 싱어송라이터이면서 글도 쓰는 이호석이다. 앨범 〈이인자의 철학〉 가사가 워낙 철학적이고 진지한 데다 철학책을 즐겨 읽고 사르트르를 좋아하길래 나는 그가 어렸을 때부터 엄청난 다독가일 줄 알았다. 그런데 책을 본격적으로 읽기 시작한 지는 몇 년 되지 않았다고 한다. 짧은 시간 안에 어떻게 그렇게 어려운 책을 읽게 됐는지 물으니 흥미로운 대답이 돌아왔다.

　"가사를 쓰면서 책을 읽어야겠다고 생각했어요. 그런데 제가 워낙 글 읽는 데 능숙하지 않으니 쉽다는 글을 읽든, 어렵다는 글을 읽든 힘들다는 점에선 다 마찬가지일 것 같았어요. 그래서 니체의 《차라투스트라는 이렇게 말했다》를 무작정 읽기 시작했어요. 내용은 당연히 하나도 이해 안 됐고요. 평소에 책을 읽는다는 사람들은 다 그 정도는 읽는 줄 알았어요. 그래서 저만 이해하지 못하는 줄 알고 엄청 상처받았고요. 그래도 계속 읽었어요. 이해되든, 안 되든. 사르트르 책은 해설본을 먼저 읽었어요. 그 책을 읽고 실존주의가 너무 마음에 들어서 사르트르가 쓴 책을 또 무작정 읽기 시작했어요. 역시나 처음엔 이해가 잘 안 됐는데 계속 읽으니까 점점 이해되더라고요.”

이렇게 읽을 수도 있겠구나 싶었다. 내가 내 수준을 살살 살피며 천천히 나아가는 사람이라면, 그는 자기 자신을 훌쩍 뛰어넘으며 진군하는 사람 같았다. 아마도 그는 책을 읽을 때 한 문장, 한 문장 곱씹으며 읽었을 것이다. 하루에 고작 몇 페이지 읽는 게 다인 날이 반복됐을 테고, 다 읽고 나서는 지금 읽은 게 무슨 내용인지 몰라 다시 처음부터 읽어야 했을 테다. 지겹고 재미없는 독서였을 수도 있다. 그런데 그렇게 계속 읽다 보니 어느덧 이해에 도달한 것이다.

좀처럼 이해할 수 없기에 꺼려지기만 하는 어

려운 책을 대하는 매력적인 예였다. 처음부터 많은 내용을 이해하려는 욕심이나 부담은 버리고, 우선은 다소 막연한 태도로라도 좋으니 한번 읽어 보기. 책 읽는 즐거움은 당분간 내려놓고 하루에 몇 페이지라도 읽어 나가기. "그 작가 책을 한번 읽어 보고 싶었어"에서 무슨 말인지는 이해 못 하겠더라도 그 작가의 책을 무작정 펼쳐 보기. 이해 못 하는 대로 주야장천 읽기. 아득하게 느껴지더라도 따분한 이 시간을 견디기. 가장 중요한 건, 반복해 읽기.

이렇게 읽다 보면 결국 이호석이 그랬듯 우리도 스르륵 이해에 도달하게 될까. 일본 사상가 우치다 타츠루는 이 질문에 아마 '도달하게 될 겁니다' 하고 대답하리라. 그는 잡지 〈민들레〉에서 이런 식의 읽기 방법을 '신체로 읽기'라고 말했다.

> 저는 철학자 에마뉘엘 레비나스의 저서를 번역하고 있습니다만, 처음 레비나스 책을 읽을 때는 너무 난해해서 무슨 말을 하는지 전혀 알아듣지 못했습니다. (중략) 전혀 이해하지 못한 채로 2주 정도 읽고 있으니까 이상하게도 다음에 어떤 문장이 이어질지 알 수 있었습니다. 혹은 '이 문장은 부정

의문문으로 끝나지 않을까', '이제 슬슬 구두점이 찍히고 문장이 끝날 때가 된 것 같은데' 하는 식으로 호흡을 느낄 수 있게 되었습니다. 레비나스가 숨을 들이쉴 때면 그 타이밍을 알 수 있었습니다. 그러는 가운데 점점 호흡을 느끼면서 힘주어 말하고 있는 대목을 알 수 있게 되었습니다. (〈민들레 111호〉, '학교에서 가르쳐 주지 않는 것 세 가지')

아무리 난해한 책이라도 반복해서 읽다 보면 신체가 먼저 반응하기 마련이라고 그는 말한다. 그러다 책의 의미가 머리로도 이해되는 순간이 온다. 이는 마치 텍스트의 신체가 우리의 신체와 만나면 그 텍스트가 우리 몸을 돌고 돌다 결국 머리로 가서 자리를 잡는다는 말 같다. 어째서 몸이 먼저 반응하는지 우치다 타츠루도 설명하지 못했지만, 무슨 상관일까. 실제 우리 몸에서 그런 일이 벌어진다는 사실이 중요할 따름이다. 어려운 책을 읽을 땐 몸을 믿고 우직하게 읽어 나가기. 이 방법을 이용하면 못 읽을 책이란 없을 것 같다.

1　2　3　4　5　6

7　8　9　10　11　12

"누군가 나에게 왜 책을 읽느냐고 묻는다면 이렇게 대답할 것 같다.
'아파서요. 책을 읽으면 좀 덜 아프거든요.'"
정희진, 정희진처럼 읽기

---

monday

---

tuesday

---

wednesday

thursday

friday

saturday

sunday

51.

—

나를 지키기 위한 책 읽기

영화 〈디태치먼트〉는 미국의 교육 현실을 고발하는 외양을 띠고서 개인의 불안과 외로움을 이야기한다. 나도 상처받은 개인일진대 어찌 내가 너의 삶을 구원할 수 있단 말인가. 애드리언 브로디가 연기하는 헨리는 교사이지만, 어쩌면 아이들보다 더 구원이 필요한 개인일지 모른다. 영화에서는 어느 누구도 안전하거나 행복하지 않다. 그럼에도 이 영화가 희망적인 건, 아주 어렵게 포착된 짧은 순간들 때문이다. 쓸쓸한 개인들이 서로를 지켜 주려 말을 건네고 손을 내미는 순간들.

이제 고작 십몇 년 살았을 뿐인데 벌써 삶에 절망해 버린 아이들에게 헨리는 간절한 어조로 책을 읽어야 한다고 말한다. 하루에도 수십 번 마주치는 광고 이미지들은 행복을 오해하게 한다. 행복하기 위해서는 예뻐야 하고, 날씬해야 하고, 유명해야 하고, 유행에 따라야 하고, 내가 사랑해야 할 대상들을 혐오해야 한다고 말이다. 헨리는 이처럼 우리의 사고방식을 무디게 하는 것들과 싸워 우리 자신을 지켜야 한다고 말한다. 우리 각자의 행복은 우리 자신만의 상상력, 의식, 신념을 통해 발현되며, 이를 독서가 도와준다는 것이다.

헨리 목소리에서 절실함을 느끼며 나는 오스트리아 철학자 이반 일리치를 떠올렸다. 《누가 나를 쓸모없게 만드는가》의 첫 페이지부터 마지막 페이지까지를 누군가 낭독해야 한다면 애드리언 브로디여야 한다고 생각할 만큼 영화 속 인물과 책 속 메시지가 내 안에서 겹쳤다. 책에서 이반 일리치는 끊임없이 쏟아지는 상품과 미디어의 횡포에 격분하면서 동시에 안타까워한다.

한없이 지루하거나 시끄러운 미디어가 공동체와 마을, 회사와 학교로 깊숙이 파고들며 우리의 생활을 침범한다. 틀에 박힌 대본을 낭송하고 편집하여 만든 소리가 일상 언어를 뒤틀고, 우리의 말은 포장된 메시지를 전달하기 위한 부품으로 전락한다. 오늘날에는 연예인이나 정치인, 학원 강사 대신 인간의 말을 들을 수 있는 곳에서 아이가 자라게 하려면, 두 가지 선택밖에 없는 듯하다. 세상과 단절하여 고립되어 살든가, 여건이 허락된다면 아이를 자퇴시켜 집에서 세심하게 교육을 하는 것이다.

일리치는 인간의 모든 행위가 상품에 종속되면서 우리 삶이 몰수되는 상황을 직시한다. 봄날 들판에 흐드러진 꽃처럼 다양한 아름다움을 지닌 개개인의 삶이 상품들에 의해 표준화되어 이제는 서로가 서로를 구분할수 없는 지경이라며 아파한다. 이런 사회에서 개인이자신의 삶에 만족하기란 쉽지 않다.

나를 지키는, 나를 보호하는 책 읽기가 필요한 이유다. 상품을 쌓는 대신 세상을 이해할 지식을 쌓기 위해, 미디어가 제안하는 것이 아닌 내가 원하는 행복을 추구하기 위해, 외로울 때 마트가 아닌 친구네 집으로 향하기 위해, 안정감에 목마를 때 근사한 집을 꿈꾸는 대신 지금 이곳에서 단순한 생활을 꾸리기 위해, 내불안의 근거를 스스로 추적하기 위해, 내 선택에서 내가 소외되지 않기 위해, 내 안의 욕망을 이해하고 욕망해소 방법을 직접 찾기 위해, 우리는 책을 읽어야 한다.
미디어가 만들어 낸 이야기들은 어쩔 수 없이

유혹적이다. 강렬한 이미지들은 떠날 생각 없이 우리 주위를 맴돌다가 우리의 생각과 행동을 장악한다. 내가 아닌 다른 누군가의 이익을 대변하는 미디어에 대항할 수 있도록 나는 우리 모두가 내면에 이야기 자판기를 하나씩 들여놓으면 좋겠다. 스스로에게 힘을 줄 이야기가 잔뜩 들어 있는 기적의 자판기를. 필요할 때마다 마음의 스위치로 이야기를 하나씩 플레이하는 것이다.

취향 없이 부유하기만 한 누군가의 집에서 박탈감을 느꼈다면 소박한 삶 속에서 삶의 기쁨을 맛본 《조화로운 삶》의 헬렌 니어링, 스콧 니어링 부부의 이야기를 플레이한다. 성공을 바라보는 속물적 시선에 지쳐 간다면 괴팍한 방식이긴 했지만 좋아하는 일을 향해 성큼 나아간 《달과 6펜스》의 스트릭랜드의 이야기를 플레이한다. 타인의 욕망을 욕망하라 부추기는 광고에 화가 나면서도 끌려가게 된다면 남에게 어떻게 보이는지보다 무슨 생각을 하며 사는지가 더 중요하다고 알려 주는 《안나 카레니나》의 레빈 이야기를 플레이한다. 나는 독서가 나를 지키기 위해 이야기를 모으는 행위라고 생각한다.

1 2 3 4 5 6

7 8 9 10 11 12

"인문학, 또는 교양이 진정 누구에게나 필요하다면,
그것은 '타인에게 상처를 주지 않는 기술'을
터득하기 위해서라고."
정여울, 마음의 서재

---

monday

---

tuesday

---

wednesday

52.

요즘 무슨 책 읽어요?

가까운 사람들에게 요즘 무슨 책을 읽는지 물었다. 책을 읽으며 어떤 생각을 하는지도 덧붙여 물었다. 뜬금없는 질문에도 사람들은 귀찮은 기색 없이 정성을 다해 응해 주었다. 바로 답해 준 친구도 있었고, 생각할 시간이 필요하다며 며칠 뒤에 연락을 준 지인도 있었다. 속속 도착한 답신을 차곡차곡 정리했다. 그렇게 모은 내 '최측근'들의 답변은……

ㅇ은 가장 긴 답신을 보내왔으면서도 '배려왕'답게 큰 도움을 주지 못해 미안하다고 말했다. ㅇ이 최근에 읽은 책은 알랭 드 보통의 《낭만적인 연애와 그후의 일상》이랬다. "요즘 내 안에는 두 아이의 엄마이면서 온전히 나이고 싶은 욕망이 공존하고 있어. 나는 여전히 '나'인데 내가 없어진 것만 같아서 속상했어. 내가 책임감이 없어서 이런 생각을 하는 것인지

미안해하면서. 그런데 이 책을 읽으면서 내 모든 감정이 글로 풀어헤쳐진 듯 속 시원함을 느꼈어. 나만 그런 게 아니라는 안도감. 그야말로 공감받았다는 기분이었어."

아이가 셋이고 한 달에 한 번 독서모임을 하는 친구 ㅈ은 《82년생 김지영》을 읽었다고 했다. "내가 당연하게 해 오던 일들을 한 발짝 떨어져서 바라보게 됐어. 내가 여자이기 때문에 해야만 했던 일이 참 많더라. 나도 모르게 내면화되어서 사실 이젠 뭐가 뭔지 모를 정도야. 여자이면서도 여자의 삶을 너무 몰랐구나 싶었어."

늘 고민하는 삶을 사는 ㄱ은 안톤 체호프의 《개를 데리고 다니는 부인》을 읽고 이런 생각을 했다고 말했다. "이 단편집에는 인간 군상의 불안, 뒤틀림 등이 그대로 드러나 있어. 책 속 인물들을 지켜보다 보니까 내 삶을 지나치게 미화할 필요도, 과장해서 부정할 필요도 없겠더라. 이렇게 다양한 사람들이 사는 곳이 세계라는 걸 새삼스럽게 깨달았고, 그렇다면 나는 이 세계에서 어떻게 살아야 하나 하고 요즘 생각하고 있어."

제사 준비에 바빴던 ㅈ은 본인이 아닌 남편의 답신을 보내왔다. 낮은 음성으로 농담하길 좋아하는 친구의 남편은 김호동의 《아틀라스 중앙유라시아사》를 읽고 좋았던 이유로 "예전에도 어떤 사람들은 계속 지구를 누비고 다녔다는 사실을 알게 되었고 한 장소에 멈춰 사는 게 다가 아님을 깨닫게 해 준 점"을 들었다.

다큐멘터리 감독 ㅁ은 최근에 《체르노빌의 목소리》를 읽었다고 했다. "외면하고 싶을 만큼 끔찍했고, 모르던 사실이 많아서 놀랐어요. 내 한 몸 편하자고 들여다보려는 노력도 안 했구나 반성하게 됐고요. 이런 목소리를 목숨 걸고 기록하고 수집해 세상에 내놓은 작가 스베틀라나 알렉시예비치도 존경스러웠습니다. 누군가의 목소리를 잘 담아 낸다는 것은 무엇일까 고민을 던져 준 책이에요."

만날 때마다 사람들 손에 뭔가를 쥐여 주는 ㅊ은 김선주의 《이별에도 예의가 필요하다》를 읽었다고 했다. "이 책을 읽으니까 제대로 반성하는 어른의 쓴소리가 어찌나 반갑던지요. 이 세계의 물질만능주의를 남 탓으로 돌리기보다 내 마음을 들여다볼 필요가 있다고 생각했어요. 인간이라면 가져야 하는 최소 덕목이 염치라는 걸 또 한번 배웠고요."

일을 그만두고 제주도로 훌쩍 떠난 ㅊ은 장 자

크 상페의 《진정한 우정》이 좋았단다. "우정은 사랑보다 더 어렵고 까다롭고, 무척이나 섬세하고 미묘해서 주의를 기울이되 거리도 두어야 한다는 것이 의미심장하게 다가왔어요. 사람 사귀는 일이 나만 어려운 것도 아니요, 우리 모두 회의하고 불확실해하면서도 진정한 우정을 그토록 갈망한다는 사실을 받아들이게 됐고요."

은근슬쩍 재미있는 말을 많이 하는 ㅅ은 폴 칼라니티의 《숨결이 바람 될 때》를 읽고 느낀 점을 말했다. "사람들은 영원히 살 것처럼 살지만 실은 죽음은 바로 코 앞에 있잖아. 누구보다 열정적으로 살았던 저자에게도 죽음이 찾아왔는데, 죽음을 향해 가는 과정이 보통 사람들과는 달랐어. 자신이 무엇을 원하고 무엇을 소중하게 생각하는지 잘 알았기에 마지막까지 열정적일 수 있었달까. 저자를 보며 죽음의 순간이 왔을 때 나 이만하면 잘 살아왔노라고 말하기 위해 어떻게 살아야 할지 고민하게 됐어."

내가 아는 한 가장 용기 있게 삶을 사는 ㅈ은 시를 쓰기도 하는데, 이 책이 큰 도움이 됐다고 말했다. "《김상욱의 과학공부》에서 이렇게 말하더라고요. 우리는 보통 셰익스피어나 소크라테스는 상식으로 생각하지만 과학의 발견은 상식으로 생각하지 않는다고요. 이 책은 저처럼 인문 쪽에만 관심 있던 사람들이 기초 과학 지식을 쌓기에 좋아요."

1년간의 육아 휴직을 끝내고 곧 회사에 복귀할 ㅇ은 법륜 스님의 《엄마 수업》을 읽고 엄마의 마음가짐을 배울 수 있었다고 했다.

몸은 바짝 말라 가면서도 일이 너무 좋다는 ㄱ은 예전에 큰 도움을 받았던 공지영의 《빗방울처럼 나는 혼자였다》가 생각났다고 했다. "미국 샌디에이고로 출장 갔을 때였어. 몸보다 마음이 더 힘들었거든. 외로워서. 그때 이 책이 담담하게 들려주는 이야기들이 날 외롭지 않게 해 줬어."

가족에게도 물었다. 언니는 책을 좋아하는 친구에게서 빌린 요네하라 마리의 《프라하의 소녀시대》에 관해 들려줬다. "공산주의 제도하에 살았던 사람들 이야기를 담고 있는 책이야. 일본인 저자가 40년 전 친구들을 찾아가는데, 세 친구 모두 공산주의자 부모를 두고 있었어. 나는 특히 루마니아 친구 아냐가 너무 답답했어. 말로는 모두 함께 잘 사는 공산주의를 외치지만 몸으로는 부르주아 삶을 사는 거야. 말과 행동의 극차를 결코 깨닫지 못하더라고. 온몸의 감각기관을 다

막고 자기가 보고자 하는 것만 보고 사는 사람의 최후가 행복하지 않았으면 좋겠다는 생각이 들었어." 형부는 최근에 읽은 책은 아니지만 시오노 나나미의 《로마인 이야기》를 재미있게 읽었다고 언니를 통해 들려줬는데, 이유는? "전투신이 그럴듯해서."

엄마가 요즘 한창 읽고 있는 책은 이광식의 《잠 안 오는 밤에 우주토픽》이다. 나를 볼 때마다 책 내용을 줄줄 읊던 엄마는 책의 어느 부분이 인상적이냐는 물음에는 비교적 짧게 답했다. "수소를 제외한 우리 몸을 구성하는 모든 원소는 별이 폭발하면서 만들어진 거래. 돌과 나뭇잎과 새도 마찬가지라는 거야. 우리가 눈으로 보는 모든 것들이 별의 일부라는 거지. 멋지지 않니?" 아빠는 얼마 전에 부여 신동엽 문학관을 찾았는데, 여행에서 돌아온 뒤 《신동엽 전집》을 다시 들춰 봤단다. 감상은 이렇다. "신동엽 시인은 시 〈껍데기는 가라〉에서 이 사회에 만연한 겉치레나 허위가 사라지고 순수한 배움과 순결함만이 남기를 간절한 마음으로 바랐다. 이 시를 읽으며 이제 60대 중반을 넘긴 나는 그동안 과연 가식과 허례를 버리고 진실되고 내실 있는 삶을 살아왔는지 뒤돌아보았다."

가장 마지막에 답신을 보내온 사람은 ㅎ이었

다. ㅎ은 내 질문을 받고 홀로코스트 생존자이자 화학자이며 작가였던 프리모 레비가 떠올랐고, 며칠 동안 그를 생각했으며 '왜 프리모 레비에게 오랜 시간 몰두했을까' 스스로 물었다고 했다. 한때 소유하고 있던 모든 계정의 비밀번호가 프리모 레비의 수인번호 174517이었기에 비밀번호를 누를 때마다 그를 떠올릴 수밖에 없었다던 ㅎ은 말했다. "저는 인간과 그들이 처한 상황에 대해 함부로 판단하고 쉽게 결론내고 빠르게 말해 버리는 일이 폭력이라는 걸 레비를 통해 배웠어요. 복잡한 인간을 이해하기 위해 레비만큼 치열하게 고민하고 성찰한 사람이 드물다는 생각은 지금도 변함없고요. 그러므로 전 사실 프리모 레비의 모든 책을 사랑해요. 수줍게 고백하듯 수변에 권하곤 하고요. 보름 씨 질문을 받고 특별히 《가라앉은 자와 구조된 자》를 떠올린 건 그의 유작이기 때문인지도 모르겠네요. 오늘 다시 질문을 받는다면 《주기율표》를 말할지도 모르겠어요. 이렇게 오락가락하는 저를 이해, 할 수 있나요?"

타인에 관해 결코 함부로 이야기하지 않고 분위기를 띄우고 싶을 때면 자학 개그를 하곤 하는 ㅎ과 프리모 레비 이야기는 내 안에서 완벽하게 겹쳐졌다.

ㅎ이 수년간 프리모 레비에 몰두했듯 어떤 책은 우리를 마치 사랑에 빠진 사람처럼 달궈 놓아 늘 그 책을 떠올리게 한다. 마음에 깊이 새겨진 책은 매일 우리 안에서 새롭게 읽힌다.

책을 읽고 무슨 생각을 했느냐는 질문에는 유독 마음의 빗장을 여는 힘이 있는 것 같다. 삶에 책을 곁들이는 순간 우리는 꽤 용감하게 마음의 문을 연다. 나의 외로움, 부족함, 고민을 고백하고, 나만의 고유한 가치관, 세계관을 드러내고, 내면의 불확실함과 나약함을 수줍게 나눈다. 내 안에 꼭꼭 숨어 있던 성찰의 문고리가 열려 나를 반성하는 인간으로 거듭나게 해주기도 한다. 그래서 나는 "요즘 무슨 영화 봤어요?", "어떤 드라마 보고 있어요?" 하고 묻는 사이사이 "요즘 무슨 책 읽어요?" 하고 묻고 싶다. 우리가 나누는 대화에서 아주 작은 공간에라도 책이 들어설 자리를 마련하고 싶다. 내 마음의 빗장을 당신 앞에서 열고 싶다.

1   2   3   4   5   6

7   8   9   10   11   12

"새들이 없는 세상을 상상할 수 없는 사람이 있다.
물이 없는 세상을 상상할 수 없는 사람이 있다.
나는 책이 없는 세상을 상상할 수 없다."
호르헤 루이스 보르헤스

---

monday

---

tuesday

---

wednesday

53.
—

이 세상에서 책이 사라진다면

레이 브래드버리의 《화씨 451》은 책이 사라진 세상을 조명한다. 얼마 남지 않은 독서가들은 책을 지하실이나 환풍기 속에 숨겨 놓았지만 결국은 탄로 나 집이 불태워지고 본인은 범법자가 된다. 소설은 책을 불태우는 일을 하던 방화수 몬태그가 소녀 클라리세를 만나 각성하며 시작한다. 소녀는 책을 읽는 아이다.

　　이 책을 읽다 보면 한번쯤 상상하게 된다. 이 세상에서 책이 사라진다면 어떻게 될까. 책을 쓰는 작가 또한 사라지겠지. 이 세상에서 작가가 사라진다는 건 미래 인류의 머릿속에 더 이상 박완서, 이청준, 버지니아 울프, 헤밍웨이, 조지 오웰 같은 이름이 존재하지 않는다는 말이다. 즉, 그 긴 시간, 온갖 자료 조사, 헤아릴 수 없을 만큼의 고뇌, 별별 귀찮은 짓을 해가며 글을 쓰는 사람이 없어진다는 뜻이며, 말로는 다

담아 낼 수 없는 내밀한 이야기가 사라진다는 의미다.

책이 사라진다는 건 조선왕조실록도, 교과서도, 사진과 영상 기술이 나오기까지 인류의 모든 기록이 사라진다는 말이기도 하다. 그중 아주 일부만 구전을 통해 전해 내려올 것이기에 소크라테스가 죽는 순간까지 의연했다는 사실을 아는 사람은 극소수일 것이다. 이 세상에 책이 없다는 건 어떤 아이디어나 새로운 발견을 다음 세대에 전달하려는 노력이 시도되지 않는다는 말과 같다. 우리 대부분은 지혜를 구하지 못한 채 개인의 경험치 안에서만 생활하게 될 것이며, 경험 이상을 상상하기란 매우 어려울 것이다.

인터넷에 떠도는 수많은 인용들, 명언들, 창의적인 생각들도 사라질 것이다. 대부분 출처가 책이기 때문이다. 내가 즐겨 보는 페이스북 페이지 '열정에 기름 붓기' 역시 콘텐츠의 많은 부분이 책 요약이기에 애초에 페이지를 열지조차 못했을 것이다. 경험이 주는 지식으로만 살아가며, 서로 경험을 나누긴 하지만 긴 시간 발전해 온 해석의 틀이나 통찰이 없기에 단편적인 감상만을 주고받으며, 잠시 머리 식히러 보는 TV 예능 토크쇼 이야기가 관계를 전부 채울 것이다.

아르헨티나 소설가 호르헤 루이스 보르헤스도

이런 삶을 상상해 봤던 걸까. 이런 말을 했었다.

새들이 없는 세상을 상상할 수 없는 사람이 있다. 물이 없는 세상을 상상할 수 없는 사람이 있다. 나는 책이 없는 세상을 상상할 수 없다.

보르헤스의 말에 수전 손택은 이렇게 응한다.

나는 당신의 말이 옳다고 확신합니다. 책들은 우리 꿈 우리 기억의 자의적인 총합에 불과한 게 아닙니다. 책들은 또한 우리에게 자기 초월의 모델을 제공합니다. 어떤 사람들은 독서를 일종의 도피로 생각할 뿐입니다. '현실'의 일상적 세계에서 탈피해 상상의 세계, 책들의 세계로 도망가는 출구라고요. 책들은 단연 그 이상입니다. 온전히 인간이 되는 길이기 때문입니다. (《수전 손택의 말》)

보르헤스의 말에 영향을 받았을 게 분명한 미국 작가 앤드루 파이퍼는 아래와 같이 말한다.

나는 책이 없는 세상을 상상할 수는 있다. 그러나

읽기가 없는 세상을 상상할 수는 없다. (《그곳에 책이 있었다》)

앤드루 파이퍼의 글을 읽고 나도 정신이 번쩍 들었다. 그렇지, 책이 사라지면 독자도 사라지지. 이는 내 정체성의 일부가 사라진다는 말이다. 하루에 몇 시간씩 책장을 넘기며 연필로 체크를 하고 한참을 읽다가 밤 12시가 넘은 걸 확인하고는 조명을 끄는 나. 처음 만난 사람을 바라보며 이 사람은 책을 읽는 사람일까 아닐까 속으로 가늠하고 만약 읽는다면 어떤 책을 읽을지 추측하다 결국 묻지는 못하고 집에 와서 생각해 보는 나. 몇 년 알고 지낸 친구보다 같은 책을 읽은 사람과 말이 더 잘 통해 자꾸만 친구들에게 책을 권하는 나. 별 볼일 없는 내 생활이 책 덕분에 그런대로 괜찮아졌다고 믿으며 손에 책 한 권을 쥐고 있으면 세상과 연결되어 있다고 안심하는 나. 그리고 심심하거나 외로울 때, 화가 나거나 우울할 때, 세상이 싫고 인간이 미울 때 내 마음을 일으켜 세워 주던 책들. 나는 이런 책들 없이 살아갈 수 있을까.

아아, 나도 책이 없는 세상을 상상할 수 없다. 나는 죽을 때까지 독자로 살고 싶다.

“

”

“

”

“

”

“

”

"

"

“

”

"

"

“

”

도움받은 책들

책 제목 가나다순

ㄱ

《가라앉은 자와 구조된 자》 프리모 레비, 돌베개, 2014

《감옥으로부터의 사색》 신영복, 돌베개, 1998

《개를 데리고 다니는 부인》 안톤 체호프, 열린책들, 2009

《걷기, 두 발로 사유하는 철학》 프레데리크 그로, 책세상, 2014

《고도를 기다리며》 사뮈엘 베케트, 민음사, 2000

《공부할 권리》 정여울, 민음사, 2016

《구토》 장 폴 사르트르, 문예출판사, 1999

《궁극의 미니멀라이프》 아즈마 가나코, 즐거운상상, 2016

《그곳에 책이 있었다》 앤드루 파이퍼, 책읽는수요일, 2014

《그들은 한 권의 책에서 시작되었다》 정혜윤, 푸른숲, 2008

《글쓰며 사는 삶》 나탈리 골드버그, 페가수스, 2000

《김상욱의 과학공부》 김상욱, 동아시아, 2016

《깊이에의 강요》 파트리크 쥐스킨트, 열린책들, 2002

《꼼짝도 하기 싫은 사람들을 위한 요가》 제프 다이어,
웅진지식하우스, 2014

ㄴ

《나는 가해자의 엄마입니다》 수 클리볼드, 반비, 2016

《나는 단순하게 살기로 했다》 사사키 후미오, 비즈니스북스, 2015

《나는 매번 시 쓰기가 재미있다》 황인찬 외, 서랍의날씨, 2016

《나는 이런 책을 읽어 왔다》 다치바나 다카시, 청어람미디어, 2001

《나르치스와 골드문트》 헤르만 헤세, 민음사, 2002

《낭만적인 연애와 그 후의 일상》 알랭 드 보통, 은행나무, 2016

《낮의 목욕탕과 술》쿠스미 마사유키, 지식여행, 2016

《너무 한낮의 연애》김금희, 문학동네, 2016

《논어》, 공자, 홍익출판사, 2008

《누가 나를 쓸모없게 만드는가》이반 일리치, 느린걸음, 2014

《느낌의 공동체》신형철, 문학동네, 2011

《니코마코스 윤리학》아리스토텔레스, 숲, 2003

ㄷ

《달과 6펜스》서머싯 몸, 민음사, 2000

《달콤한 로그아웃》알렉스 륄레, 나무위의책, 2013

《당신에게 말을 건다》김영건, 알마, 2017

《대성당》레이먼드 카버, 문학동네, 2014

《데미안》헤르만 헤세, 민음사, 2000

《독서의 역사》알베르토 망구엘, 세종서적, 2016

ㄹ

《랩걸》호프 자런, 알마, 2017

《로그아웃에 도전한 우리의 겨울》수잔 모샤트, 민음인, 2012

《로기완을 만났다》조해진, 창비, 2011

《로마인 이야기》시오노 나나미, 한길사, 1995~2004

ㅁ

《마담 보바리》귀스타브 플로베르, 민음사, 2000

《마음의 서재》정여울 · 이승원, 천년의상상, 2015

《먼 북소리》무라카미 하루키, 문학사상사, 2004

《멀고도 가까운》리베카 솔닛, 반비, 2016

《면도날》서머싯 몸, 민음사, 2009

《모든 책의 역사》우베 요쿰, 마인드큐브, 2017

《무지개와 프리즘》이윤기, 미래인, 2007

《못 가 본 길이 더 아름답다》박완서, 현대문학, 2010

《문학소녀》김용언, 반비, 2017

《미움받을 용기》기시미 이치로·고가 후미타케, 인플루엔셜, 2014
〈민들레 111호〉, 2017

ㅂ

《밤의 도서관》알베르토 망구엘, 세종서적, 2011
《변신》프란츠 카프카, 보물창고, 2008
《보이지 않는 도시들》이탈로 칼비노, 민음사, 2007
《본질에 대하여》그레구아르 들라쿠르, 문학테라피, 2017
《부활》톨스토이, 민음사, 2003
《불멸의 작가, 위대한 상상력》서머싯 몸, 개마고원, 2008
《브루클린》콜럼 토빈, 열린책들, 2016
《브루클린 풍자극》폴 오스터, 열린책들, 2005
《비사교적 사교성》나카지마 요시미치, 바다출판사, 2016
《빗방울처럼 나는 혼자였다》공지영, 황금나침반, 2006
《빵 굽는 타자기》폴 오스터, 열린책들, 2000

ㅅ

《사랑하고 쓰고 파괴하다》이화경, 행성B, 2017
《사피엔스》유발 하라리, 김영사, 2015
《삶의 한가운데》루이제린저, 민음사, 1999
《상대성이론/ 나의 인생관》알베르트 아인슈타인, 동서문화사, 2008
《생각하지 않는 사람들》니콜라스 카, 청림출판, 2011
《서재 결혼시키기》앤 패디먼, 지호, 2002
《세상의 용도》니콜라 부비에·티에리 베르네, 소동, 2016
《소설 마시는 시간》정인성, 나무, 나무, 2016
《소설가의 일》김연수, 문학동네, 2014
《소유냐 존재냐》에리히 프롬, 까치, 1996
《수상록》미셸 드 몽테뉴, 문예출판사, 2007
《수전 손택의 말》, 수전 손택·조너선 콧, 마음산책, 2015
《숨결이 바람 될 때》폴 칼라니티, 흐름출판, 2016

《신동엽 전집》 신동엽, 창비, 1980

《실패를 모르는 멋진 문장들》 금정연, 어크로스, 2017

《싸울 때마다 투명해진다》 은유, 서해문집, 2016

〈씨네21 1097호〉, 2017

ㅇ

《아날로그의 반격》 데이비드 색스, 어크로스, 2017

《아틀라스 중앙유라시아사》 김호동, 사계절, 2016

《아픔이 길이 되려면》 김승섭, 동아시아, 2017

《안나 카레니나》 톨스토이, 문학동네, 2010

《안자이 미즈마루》 안자이 미즈마루, 씨네21북스, 2015

《어느 책 읽는 사람의 이력서》 마르틴 발저, 책가, 2002

《어떻게 사랑할 것인가》 장영희, 예담, 2012

《엄마 수업》 법륜, 휴, 2011

《에드거 앨런 포 단편선》 민음사, 2013

《여행과 독서》 잔훙즈, 시그마북스, 2017

《예루살렘의 아이히만》 한나 아렌트, 한길사, 2006

《오 봉 로망》 로랑스 코세, 예담, 2015

《왜 고전을 읽는가》 이탈로 칼비노, 민음사, 2008

《왜 책을 읽는가》 샤를 단치, 이루, 2013

《월든》 헨리 데이비드 소로, 소담출판사, 2002

《웬만해선 아무렇지 않다》 이기호, 마음산책, 2016

《위험한 독서》 김경욱, 문학동네, 2008

《이기적 유전자》 리처드 도킨스, 을유문화사, 2010

《이방인》 알베르 카뮈, 민음사, 2011

《이별에도 예의가 필요하다》 김선주, 한겨레출판, 2010

《이스트를 넣은 빵》 장정일, 마티, 2016

《인생이 왜 짧은가》 루키우스 세네카, 숲, 2005

《일반적이지 않은 독자》 앨런 베넷, 문학동네, 2010

《일상적인 삶》장 그르니에, 민음사, 2001

《읽다》김영하, 문학동네, 2015

《읽지 않은 책에 대해 말하는 법》피에르 바야르, 여름언덕, 2008

ㅈ

《자기 결정》페터 비에리, 은행나무, 2015

《잠 안 오는 밤에 우주토픽》이광식, 들메나무, 2016

《장미의 이름》움베르토 에코, 열린책들, 2002

《장서의 괴로움》오카자키 다케시, 정은문고, 2014

《저, 죄송한데요》이기준, 민음사, 2016

《전태일 평전》조영래,아름다운전태일, 2009

《정확한 사랑의 실험》신형철, 마음산책, 2014

《정희진처럼 읽기》정희진, 교양인, 2014

《조화로운 삶》헬렌 니어링 · 스콧 니어링, 보리, 2000

《좀머 씨 이야기》파트리크 쥐스킨트, 열린책들, 1999

《종의 기원》정유정, 은행나무, 2016

《지구별 여행자》류시화, 김영사, 2002

《직업으로서의 소설가》무라카미 하루키, 현대문학, 2016

《진정한 우정》장 자크 상페, 열린책들, 2017

ㅊ

《창조적 글쓰기》애니 딜런드, 공존, 2008

《채식주의자》한강, 창비, 2007

《책 읽기부터 시작하는 글쓰기 수업》이권우, 한겨레출판, 2015

《책에 미친 바보》이덕무, 미다스북스, 2004

《책의 우주》움베르토 에코, 열린책들, 2011

《천천히 읽기를 권함》, 야마무라 오사무, 샨티, 2003

《천천히, 스미는》홀브룩 잭슨 외, 봄날의책, 2016

《철학의 위안》알랭 드 보통, 청미래, 2012

《철학자와 늑대》마크 롤랜즈, 추수밭, 2012

《체르노빌의 목소리》 스베틀라나 알렉시예비치, 새잎, 2011

《침대와 책》 정혜윤, 웅진지식하우스, 2007

ㅌ

《텍스트의 포도밭》 이반 일리치, 현암사, 2016

《토니와 수잔》 오스틴 라이트, 오픈하우스, 2016

ㅍ

《파우스트》 괴테, 민음사, 1999

《프라하의 소녀시대》 요네하라 마리, 마음산책, 2006

《플로베르의 앵무새》 줄리언 반스, 열린책들, 2009

《피터 드러커 자서전》 피터 드러커, 한국경제신문, 2005

《필경사 바틀비》 허먼 멜빌, 문학동네, 2011

ㅎ

《한국이 싫어서》 장강명, 민음사, 2015

《허클베리 핀의 모험》 마크 트웨인, 민음사, 1998

《행복만을 보았다》 그레구아르 들라쿠르, 문학테라피, 2015

《행복에 걸려 비틀거리다》 대니얼 길버트, 김영사, 2006

《헤르만 헤세의 독서의 기술》 헤르만 헤세, 뜨인돌, 2006

《혼자 책 읽는 시간》 니나 상코비치, 웅진지식하우스, 2012

《화씨 451》 레이 브래드버리, 황금가지, 2009

《희망이 외롭다》 김승희, 문학동네, 2012

기타

《82년생 김지영》 조남주, 민음사, 2016

매일 읽겠습니다

EVERYDAY BOOK

ⓒ 황보름. Printed in Korea

1판 1쇄 2017년 11월 30일
ISBN 979-11-957505-8-0 (민트색 표지)
ISBN 979-11-957505-9-7 (핑크색 표지)

지은이. 황보름
펴낸이. 김정옥
디자인. 이지은
제작. 정민문화사
종이. 한승지류유통
펴낸곳. 도서출판 어떤책
주소. 14256 경기도 광명시 오리로 801 105동 1103호
전화. 02-897-1395
팩스. 02-6442-1395
전자우편. acertainbook@naver.com
블로그. acertainbook.blog.me
페이스북. www.fb.com/acertainbook
인스타그램. www.instagram.com/acertainbook